路上的守望

WATCH ON THE ROAD

关宏志 著

人民交通出版社股份有限公司

北京

图书在版编目（CIP）数据

路上的守望 / 关宏志著. — 北京：人民交通出版社股份有限公司，2020.7
ISBN 978-7-114-16628-0

Ⅰ.①路… Ⅱ.①关… Ⅲ.①随笔—作品集—中国—当代 Ⅳ.①I267.1

中国版本图书馆 CIP 数据核字(2020)第 098683 号

Lushang de Shouwang
路上的守望

著　作　者：	关宏志
责任编辑：	蒲晶境　李　晴
责任校对：	赵媛媛
责任印制：	刘高彤
出版发行：	人民交通出版社股份有限公司
地　　　址：	（100011）北京市朝阳区安定门外外馆斜街3号
网　　　址：	http://www.ccpcl.com.cn
销售电话：	（010）59757973
总　经　销：	人民交通出版社股份有限公司发行部
经　　　销：	各地新华书店
排　　　版：	北京楚泰文化传播有限公司
印　　　刷：	北京市密东印刷有限公司
字　　　数：	148千　开　本：880×1230　1/32　印　张：8
版　　　次：	2020年7月　第1版
印　　　次：	2020年7月　第1次印刷
书　　　号：	ISBN 978-7-114-16628-0
定　　　价：	45.00元

版权所有·侵权必究
（有印刷、装订质量问题的图书由本公司负责调换）

序
Preface

俗话说,"路"是人走出来的。其实,大"路"是工匠们经过精心规划、设计、建设出来的,又经过人们一代一代地巡检和守护,以供人类从文明走向更高的文明。

古代丝绸之路开创了我国与西方世界的文化和文明的交流。蒸汽机时代的铁路带来了第一次工业革命。电气化、内燃机车、高速公路引发了第二次工业革命。航空航天、计算机和原子能等的开发应用是第三次工业革命的主要标志。当今,如果说高速铁路、人工智能、自动驾驶等的发展将带来第四次工业革命,也并无过言。各种"路"的建设为人类带来了交流,带来了文明,带来了生活的富足,人们精辟地总结为"要致富先修路",我们必须不断巡检和守护。

文明的思想行为也需要巡检和守护。《路上的守望》

基于作者自身2016年"路"上的体验拾零,以教孩子们说话、崎岖的进化路径、忠于那个共同的目标、百年承诺四个篇章说"守望",守望个人的文明行为准则,寻求文明行为的表现,实现理性文明社会行为素养的维系和提高。

正如书中所说:人类社会不断从蛮荒走向文明,文明的标志之一就是民族理性程度的不断提高;要进化成人,就必须走一段看似希腊字母"Ω"形的弯路;尽管经历过激烈的冲突,人们都仍忠于那个共同的目标。

本人尤其欣赏书中《关于懈怠的思索》和《罪他主义》。作者在《关于懈怠的思索》中说:"懈怠,就像瘟疫一样四处蔓延。""内心越是空虚,就越容易懈怠,而越是精神富足,越是敞开心灵大门的人,往往越是积极努力。"自然界是熵增的,我们每个人也是如此。人生失去了目标、理想和信念,人也不去设计实现目标、"守望"理想和信念的"路",就会熵增到极大值,懈怠成为对社会无用的人,甚至成为社会的包袱。而为了防止懈怠,作者给出的方子是:通过终生学习来持续拓展人们的精神空间,不断向其中注入新的能量,便能防止懈怠。作者在《罪他主义》中告诉我们:"罪他,就是将一切问题的责任都归咎于他人,罪他主义就是将问题都诿以他人的行为方式和作风。罪他主义还有狭义和广义之分,狭义的罪他主义是总将问题归罪于他人,而广义的罪他主义则包括那些不自省、遇事就为自己开脱的行为。"这种"罪他"是当前社会中普遍存在的陋习之一，是极端个人主义、利己主义、无诚信、缺少反思和换位思考的表现，严重有损自己的信誉，影响社会进步。作者给出的防止罪他主义的做法是：当遇到问题时，先不要急着"罪他"，而是先问问自己的内心、先自省一下为好。在人们的交往中，也有"语出伤人不如语出伤己"的说法和做法，反省自己，甚至稍有"罪己"，更能体现人的智慧和自我修养。

是的，人们在物质生活富裕之后必将追求精神文明的充盈，投机、失信、罪他等行为心理与现代文明社会格格不入。而人类走向文明之路又是崎岖而漫长的，甚至会有激烈冲突，但是走向文明的目标是唯一的，是人们共同忠实坚守的。我们常用"人生永远在路上"和终生学习不断勉励自己向更高的文明层级努力。国家文明、社会文明、单位文明、家庭文明的基石是个体文明。

希望《路上的守望》能成为我们文明行为意识养成的一个"路"引，做好自己，换位思考，尊重与宽容，诚信和感恩，共同构建文明和谐的社会。

邵春福

2020年4月

自序
Preface

还在继续

一

原定于 2020 年 3 月里出版本书的计划被延迟了。被延迟的事情绝不仅仅是我这本书的出版,奥运会、战争、重要的国际交往、全球经济活动都被暂停、推迟或者放慢了脚步。人们正在经历一场人类历史上前所未有的瘟疫大流行,这场瘟疫的名字叫作"新冠病毒"。

人们在这场"新冠病毒"的大流行过程中学到了许多东西,其中之一,便是病毒传播和变异的相关知识,知道了它在传播的过程中不断繁殖、不断变异,以适应生存。

世间万事万物都是向着自己最舒服的姿态发展，人是如此、草木是如此，就连我们看不见、摸不着的病毒也是如此。在这种寻找舒服的惯性之下，不知不觉中，人就走入了自己的怡区。

二

大隔离期间，看了一部电影，中文名字叫《朝圣之路》（原名：The Way）。故事大意是，美国医生汤姆在送儿子丹尼尔去机场的路上，从儿子口中得知，他放弃了即将到手的学位，放弃了一个看似"辉煌的前程"，而踏上了一个"不知道目的"的旅途。这对常人来说，无论如何都无法理解。结果，丹尼尔在此次法国旅行时遇难，汤姆去法国取儿子的遗体和遗物时，突然改变了自己的计划，他带上儿子的骨灰踏上了那条徒步旅行的"朝圣之路"，并在"朝圣之路"上一路撒下儿子的骨灰。路上，汤姆相继遇到了来自荷兰阿姆斯特丹"为了减肥"的约斯特，来自加拿大"为了戒烟"的沙拉和来自爱尔兰"为了寻找写作灵感"的杰克，四人结伴走完了后面的旅程。

旅途中，沙拉望着脚步匆匆的汤姆，不解地对约斯特说："这家伙从来没有停下来闻闻花香什么的吗？"人们知道，在英语里，"闻闻花香"是放松一下的意思。

当他们在旅途的终点被人问及此次徒步的目的时，每一个人都说出了自己当初的动机，唯有汤姆语无伦次了。是啊，旅行为什么一定要有目的？旅行为什么一定要有说得出的目的呢？声称要"带你（丹尼尔）回家"的汤姆，却把剩下的丹尼尔的骨灰撒进了大海。紧接着，他的身影又出现在阿拉伯城市的街道上，显然，这预示着汤姆又开始了新的旅程。

丹尼尔走上了一条意义不明的路。原本对此持不解和否定态度的汤姆也开始了新的生活，这一次他肯定不是为了"带你（丹尼尔）回家"。相信在今后的日子里，汤姆会有"停下来闻闻花香什么的"的时光。

三

这是我明显察觉到的第二场瘟疫，上一次，是在十七年前的 2003 年，那一场瘟疫的名字叫 SARS。这里说"明显察觉到"是因为从我有记忆到今天的六十岁，实际上经历了多次的瘟疫流行，小儿麻痹症、甲肝、乙脑、出血热，等等。只是那些流行病横行期间，我们的社会还没有今天这么发达，疫情和疫情的相关信息受到了或自然、或人为的阻断，我也就在不知不觉中过来了。

记得 2003 年，很多人感染了 SARS，逝去了很多生命。尽管如此，我似乎从来没有感觉到过担心，更没有感觉到过恐惧。

但是，这一次不同了。这一次，我真有那么几次在想：我能躲过这场瘟疫吗？

2月11日，老爸发病。当120救护车拉着老爸沿着空旷、昏暗的街道，辗转于京城几家医院的发热门诊，老爸都因"没有床位"被拒之门外时，我真切地体会到了那种求医无门的无助和绝望。不知道是谁说的一句话："时代的一粒灰，落在个人头上，就是一座山。"

最终，还是在朋友的帮助下，找到了接收老爸的医院，否则，后果可想而知。但是，老爸这一去，就在医院里走到了他生命的尽头，米寿。

望着病榻上身上插着各种管子和电线的老爸，想着医生告诉我的那些关于老爸的可能结果，我想到了一个人如此短暂的一生，我想到了自己。我第一次开始思考"什么是生命的价值？""我应该在什么时候、以怎样的形式结束自己的生命？"的问题。

四

一场瘟疫，给人们提出了许多问题，给了人们思考的时间，给了人们思考的素材，也给了人们一个思考的宏大背景。面对着一个光怪陆离的世界，人们开始思考许多从前从未面对、从未深思过的问题，开始了一场思考的竞赛。

一场瘟疫，带走了那么多美好的生命和美好的家庭，让人心痛不已。然而，悲惨的结果带给我们的不应该仅是无奈的唏嘘。

时至今日，瘟疫的肆虐还没有结束，思考还在继续，人性启蒙还在继续，走出怡区的挣扎还在继续。

人们或许改变不了世界，但人可以改变自己，可以改变自己的生活轨迹，可以改变生活的节奏，可以让自己在生命的旅程中"停下来闻闻花香什么的"。

关宏志

2020 年 4 月 10 日

目录
Contents

第一篇 / 001
教孩子们说话

给学生的书信 / 003
线性回归给我们的启示 / 006
2016年春节的记忆 / 010
教孩子们说话 / 011
人才的回流与学科的发展 / 015
豪而不土 / 018
2016年毕业季感言 / 022
从"黄灯"说开去 / 025
"让他们去造自动贩卖机啊" / 028
发生在日本的两个故事 / 032
奥运金牌和诺奖情结 / 035
没有自由,就没有服从 / 038

第二篇 / 041
曲折的进化路径

曲折的进化路径 / 043
没有信仰,我们该拿什么当口头禅? / 045
冷眼看大数据 / 047
什么是公共交通?——从出租车的属性谈起 / 050
关于什么是公共交通讨论的补遗 / 053
关于城市第一辆公共汽车的猜想 / 056
关于排他性的理解 / 058
对"出租车究竟应该属私还是属公的讨论"的回应 / 061
"我就不去了!" / 064
他们真的知道自己在做什么吗? / 066
尊重表达学术观点的权利 / 070

第三篇 / 073
忠于那个共同的目标

的哥老 D / 075

忠于那个共同的目标
　　——《晚期四重奏（A Late Quartet）》观后感 / 079
谁是幸运的一代？ / 083
探访那些精神家园 / 085
关于懈怠的思索 / 089
罪他主义 / 092
你为什么不写了？ / 095
用户最优还是系统最优？ / 097
重读《师说》 / 099
写给醒着和可以叫醒的人 / 101
拥有一个大国公民的正常心态 / 103
我看里约奥运会上的女子 4×100 米接力事件 / 105
精神的支点 / 109
工夫在诗外 / 114
透过那一碗面汤 / 118
爱锅乎？碍锅乎？ / 122
散记 / 124
尊重与宽容 / 126
权利的总和是一个常数 / 129
老 W 养鸟 / 131
我愿意 / 132

第四篇 / 135
百年承诺

2016 年桂林印象 / 137
去兰州的路有点长——2016 年兰州印象之一 / 141
百年承诺——2016 年兰州印象之二 / 144
那一瞬间的西域 / 147
序——2016 年怀旧之旅之一 / 151
初夏的札幌——2016 年怀旧之旅之二 / 155
寻访那座雕像——2016 年怀旧之旅之三 / 164
风雨移情阁——2016 年怀旧之旅之四 / 170
重返京都大学——2016 年怀旧之旅之五 / 175
东方的哲学小路——2016 年怀旧之旅之六 / 180
带着安全帽的旅行 / 184
开篇——2016 年中欧之旅之一 / 201
踏上肖邦的故乡——2016 年中欧之旅之二 / 203
克拉科夫——2016 年中欧之旅之三 / 212
奥斯威辛集中营和比尔克瑙集中营
　——2016 年中欧之旅之四 / 217

印象布尔诺——2016年中欧之旅之五 / 221

布拉迪斯拉发一瞥——2016年中欧之旅之六 / 226

过路"云堡"——2016年中欧之旅之七 / 232

夜泊多瑙河畔——2016年中欧之旅之八 / 235

第一篇

教孩子们说话

纵观人类社会,从蛮荒走向文明,文明的标志之一就是民族理性程度的不断提高。

给学生的书信

2016年1月4日

×××同学：

你好！

很高兴收到你的来信，恭喜你将拥有自己的家庭。听上去你的妻子是一所中学的教师，很不错。有了自己的家庭，就多了一份责任，对家庭、对妻子及对未来的孩子。祝你们幸福美满，白头偕老！

读了你的来信，感觉你又有了进步，无论是来信的文笔还是透过那些文字看到的。此外，还有我看不到的、你的工作和生活等方面，我相信你都在大踏步地进步。

纵观人类社会，从蛮荒走向文明，文明的标志之一就是民族理性程度的不断提高。一个成熟的、理性的民族，会越来越有远见、有智慧，而不是像动物一样，单凭简单的、生理的本能生存。

毫无疑问，学校应该是最大限度地提升国民理性程度的地方，应在这里提升国民的理性、强化其对公平的敏感性和追求公平正义的本能。

或许有一些人会因为"天真"的理性付出代价，那实际上是为了这个社会整体进步付出代价。我们需要减少这种代价。

那么，我们能否在无法左右的环境条件下获得内心和行动的自由？

答案是肯定的。

因为，当你生活的目标是为了自己的心灵获得自由，并当你明白你是为了什么而活着时，你就可以克服任何困难。

人活着是为了不断提升自己的心境，让自己活得更加明白。而书籍则是通往那些不惑境地的阶梯。有人说：一个人的阅读史，便是他心灵的成长史。要让读的书"活"起来，就需要思考，需要实践。

在我看来，没有什么比增强独立的意识和自信更重要了。社会上的一些人在不知不觉中学会了依附和攀附，甚至把它们当作人生的目标，从而失去了自我。

事实上，一个人一旦没有了自我，就会人云亦云，仰人鼻息，如同行尸走肉一般。而一个民族最需要的，还是那些特立独行、勇于面对的人。

我们都必须牢记，没有任何一个人可以为你遮风避雨一辈子。"有些路你必须一个人走，有些桥你必须一个人过。"在这个世界上，唯一可以依靠的，就是你自己。这就需要你有一个强大的、自信的自我，有勇气、有能力去独自面对任何困难。而这个勇气、自信和能力没有人会给你，必须由你自己不断地培养，不断地树立。

我们都必须明白，每一份为寻找独立和自信的自我而付出的努力都是值得的，千万不要为失去枷锁而悲悲戚戚。

随时欢迎你的来信，期待着不断听到你的好消息。

加油！

新年快乐！

线性回归给我们的启示

2016年1月8日

我们的高中时代正赶上"文革",原本就缺少教师、办学条件简陋的学校,也是秩序大乱。老师没有好好教,学生也没有好好学,人生中学习的大好时光荒废了许多。直到恢复高考后,才知道自己缺的知识是那么得多,赶紧手忙脚乱地到处找过去的教科书来恶补一番。

谢天谢地!

我们算是搭上了高考这班车,命运也从此被改写。命运是改写了,但在接受教育的系统性方面,我们和今天的学生还是没法比。"失之东隅,收之桑榆",没有接受系统的课堂教育,我们这代人却在不知不觉中练就了一些自学能力。

最小二乘法和线性回归方程应该是在大学时代学过

一点点的，只是，对于回归方程的解读方法之类的，没有什么深刻的印象了。倒是在读硕士和博士期间，增长了不少关于线性回归的知识。

今天回味起来，竟有了许多新的体会和发现，这里略举一二。

（一）替代关系

线性回归中有一个知识点：两条平行的直线可以被另外一条直线替代。即假设有线性方程 $Y=ax+b_1$ 和 $Y=ax+b_2$，这两个方程可以被 $Y=ax+b_0$ 替代，其中 $b_0=b_1+b_2$。

如果 Y 代表的是一个人的能力，那么，a 和 b 就是他能力的决定性因素。如果他和一个或几个人太相像（有相近的 a 和 b），他就可以被其他人替代。而如果一个人不希望被其他人替代，就需要具备独特的能力（和其他人不一样的 a 和 b），就需要通过终生学习来提高 a 和 b，甚至增加方程式中 x 的项数，即在专业之外，增加其他的知识和能力。

（二）多重共线性

多重共线性（Multicollinearity）是指线性回归模型中的解释变量之间由于存在精确相关关系或高度相关

关系而使模型估计失真或难以估计准确。

举个例子，假设有线性方程 $Y=\alpha_0+\alpha_1X_1+\alpha_2X_2+\cdots+\alpha_kX_k+\cdots+\alpha_KX_K$，式中，$Y$ 表示交通需求，X 表示交通需求的影响因素——自变量，如：GDP、居民收入、人口及就业人口，等等。

常识告诉我们，这里的每一个自变量都和交通需求 Y 呈正相关关系，即 Y 会随着 X 增加而增加。但是，若这些 X 之间存在精确相关关系或高度相关关系，将这些变量同时代入方程回归时，就会出现有些变量的回归系数 α_k 为负的现象。这样一来，就会有"Y 随着 X 增加而减少"的解读，这显然和实际规律相矛盾。

为避免多重共线性的问题，就需要确保式中所有的变量 X 之间两两相互独立。

现在问题来了。

如果式中的 Y 表示全体公民对社会所作的贡献，自变量 X 表示每个公民，我们能受到什么样的启发？

每个公民从一生下来就加入了线性方程式，随着年龄的增长，对社会的作用变大，式中 α 的绝对值也随之增大，但 α 是正是负却不一定。

根据"多重共线性"的原理，要使每个公民对社会的贡献系数 α 为正，就需要所有人保持和其他人的相对独立。

要想让既定数量的公民为社会作出更大的贡献，我们应该怎么办？

2016 年春节的记忆

2016 年 2 月 12 日

　　快到春节时,收到了几份邀约,差不多都是学生说想来看看我,想和我聊聊。和从前试图躲避一些可有可无的饭局不同,这些邀约是不可以推辞的。屈指算了一下日子,聚会还是都安排到了年前。

　　这些年来,随着和学生交往的加深,发现学生们越来越需要精神空间的拓展和精神的成长。

　　"我记得很清楚,您当时对我们说……"

　　有时候我不经意间说出某句话,在很多年后,学生竟还能够脱口而出。随着学生一天天长大,有些话语或许对他们的成长产生了作用。

　　过了元旦,很快就到春节了。对于中国人来说,春节是极为重要的日子。春节是一个过程,这些聚会算得上是 2016 年春节的序曲了。

教孩子们说话

2016年4月11日

如果让一个人教即将毕业的大学生讲话,他或许会不以为然。难道大学生还不会讲话吗?遗憾的是,实际情况就是如此:我们需要教学生如何讲话。

说起这些,还要从社会上需要怎样的人讲起。曾经读过前哈佛大学校长德雷克·博克(Derek Bok)写的一本书——《回归大学之道》。书中提到培养大学生八个方面的能力,其中第一个就是表达能力。在那之后,我还读到另外一篇文章,内容是对三所美国著名大学的硕士研究生招生负责人的访谈,当问到他们最重视学生的什么能力时,他们不约而同地提到了表达能力。

此外,由于工作的关系,也曾经听国内一些企业负责人谈及对大学毕业生的期待时提到了类似的说法,只不过他们的原话是"能说、能写的人进步更快"。看起来，对一个人表达能力的要求，无论在世界上任何地方都差不多。

今天说起表达能力，或许可以分为三个方面：一是语言（口头）表达能力，二是文字表达能力，而第三，应该是制作PPT和与之相结合的演讲能力。三者表现形式不同，但核心是一致的。本文开头提到的教孩子们说话，说的就是这件事。

很早以前，我就发现学生的语文水平在不断下降，工科学生表现得尤为明显。日常生活、工作当中，经常遇到一个人无法清晰、有条不紊地表达自己意思的情况，更不用说在表达中体现更多的文化内涵了。这种令人不安的现象甚至延伸到一些教师当中。这样下去如何了得？

于是，痛下决心，从"手把手"地教学生开始。

我给研究生上的第一课，一定是关于表达的：讲如何用科学规律思考，如何进行科技论文写作及如何制作PPT和使用PPT演讲。对于这部分内容，我可以讲三个小时甚至更多。

不过，要让学生学会表达，哪里是一节课、两节课可以解决的问题？无论我如何强调表达能力的重要性，都不如"手把手"地教学生如何表达，让他们在实践中学习，在训练中成长更为有效。于是，我的学生被要求一定用 PPT 进行汇报，博士如此、硕士如此，指导本科生的毕业设计亦是如此。

在我的团队里，许多学生都有因第一次登台表达不佳而备受打击的经历，因为他们会突然发现自己在表达方面受到的训练是如此匮乏，表达能力是如此欠缺！记得一位学生刚刚加入我的学术团队，第一次演讲被指出许多不足时，哭丧着脸对我说："关老师，我到您这里来对了。"她是那些深刻意识到自己的不足，想要努力改进的学生之一。

还好，几乎所有的学生都明白我的良苦用心，为跟上我们团队前进的步伐付出了极大的努力。学生们每一天都在成长。

前不久，我受邀参加一项重要活动，其间自然少不了和工作人员的文书交换。一日，我按照活动要求，以中文的书信格式恭恭敬敬地给工作人员发了一封邮件，收到的竟然是一封没头没尾的回复邮件。

对此，我毫不迟疑地给组委会负责人发送了一封邮件，要求活动举办单位就此事正式向我道歉，否则，我将谢绝出席今后的活动。活动举办单位的负责人很重视此事，很快打来电话致歉，随后又发来邮件正式道歉，当事人也通过邮件郑重表达了歉意。

我经常会因为书写格式等问题，直截了当地指出对方邮件中的错误，而出现这些错误的发信人许多是素未谋面的年轻人。我这样做，是希望他们今后不要因为表达的问题失去人生宝贵的机会，也不希望汉语文化就这样衰落下去。他们当中的绝大多数都能理解我的用心，当然，也有极个别人从此没有了音讯。虽然这让我感到遗憾，但我也相信他们一定会从中吸取教训，程度不同地引起注意。我这样做不仅是在捍卫自己的尊严，也是在为阻止我们的语文水平跌落尽一份努力，尽管这样的努力微不足道。

我指导的本科生常有在第一次、第二次"表达"中支支吾吾，无法用专业的术语、流畅的语言表达自己思想的。但可喜的是，经过我和学生的共同努力，学生们进步很快，不仅能在毕业设计答辩时清晰地讲述自己的毕业设计内容，也都能取得优异的答辩成绩。

教孩子们说话，实际上是在教他们做人。

人才的回流与学科的发展

2016年4月28日

几十年的改革开放,让国人明白了竞争的意义,也明白了人才和竞争结果的关系。运用各种手段延揽人才,就成了当下用人单位重要的发展战略。

仔细观察一下海浪,人们不难发现:没有哪一个后浪是完全遵循前浪的轨迹的,它们会从不同的方向、角度袭来,成为新的前浪。在高等教育领域也是如此。一个学科的发展,总是以一群新人的崛起为标志,他们会从新的角度带动一个学科走向新的领域、新的高度。如此这般,一浪高过一浪。再也没有哪几个人可以掌控一个学科的发展,没有哪一个单位可以一劳永逸地保持领先的事情了。

我们的人才在早年间大量走向海外。这样的现象曾引起不少人的担心,为了留住他们,许多部门可谓是绞尽脑汁。随着改革开放的深入,海外人才持续回流,他们通过在国内建功立业,发展了自身,也带动了他们所在学科的进步。

从他们身上,我们不难发现这样一些特点:第一,他们都在国外接受了正规的学历教育;第二,他们大多是回到了自己的母校,即他们接受本科教育的地方。

这些先期流出海外的人才,在那里接受了学历教育,有些还积累了一定的工作经验,然后回到他们的母校,成了学术团队的领头羊。在新一轮竞争中脱颖而出的学术新星,绝大多数是这类归国留学人员。相比之下,那些本科教育阶段和所供职单位毫无学缘关系的引进人才,大多不如前一类人那样夺目。有些高校即使聘请了外国的院士、诺奖得主,这些人对引进高校学科发展的贡献也并非那么显著。

此外,人们还很容易观察到:如果一个学科只有人才的流出而没有回流(即在国外留学后返回原学习、工作单位),这些学科大多会走向衰败。由此我们就会想到,在今天这样的环境下,人才的回流对于一个学科的发展意味着什么。

与此同时,我们也能看到关乎包容性的问题,如果一个学科对引进人才无法接纳的话,它的包容性及其发展前景就可想而知了。

这不禁使人联想到，在世界上的一些地方，爱鸟人士会让小鸟留在大自然当中，他们在暗中关爱小鸟、帮助小鸟，和这些小鸟和谐共处；而另外一类爱鸟人士，则更喜欢将小鸟关进笼子，将其据为己有，小鸟也就永远失去了振翅高飞的空间。

然而，只有给小鸟展翅的空间，小鸟才有可能一飞冲天，才有可能一鸣惊人。这个浅显的道理，已经被人们讲了几千年。

人才的引进和使用，让人想起了另外一个典故——劣币驱逐良币的故事。

故事发生在春秋战国时期。当时，秦国发行了一种著名的货币——秦半两。由于货币铸造精美、价值很高，不法分子开始纷纷私铸，于是，市场上迅速出现了大量制作粗糙的"秦半两"。还有些人甚至将官铸的真币熔化，掺入劣质金属铸造假币。不久，官铸真币便退出市场，市面上仅剩下了那些劣币。

延揽人才是发展学科的一个重要举措，给引进的人才公平竞争的环境，让其脱颖而出，以自身发展带动学科发展是另外一个重要条件。我们渴望人才，就应该不拘一格降人才，无论他是否回流、是否引进、是否自己培养。唯有这样，学科发展才能迎来真正的春天。

豪而不土

2016年5月15日

屈指算来，土豪这个社会阶层退出中国历史舞台已经七十多年了，然而几乎在一夜之间，各路"土豪"仿佛雨后春笋一般，又卷土重来了。尽管说起来从我们这代起，人们再也没有见过土豪，但一听到"土豪"这个词，也能立刻心领神会。由此看来，人们并未失去对土豪的记忆。

那么，今天我们再提到的"土豪"，究竟意味着什么？上网搜了一下，发现"土豪"一词的解释是这样的：原指乡下财大气粗、没什么品味的有钱人（区别于暴发户），现多指有钱、不理性消费、喜欢炫耀的人。这就是说，"土豪"，首先是要"豪"——有钱，其次还要"土"——炫耀性消费。

中国社会终于走到人们不用为吃饱肚子而发愁的时代了。与此同时，中国人也在世界的一些地方成了有钱人的代名词，甚至被贴上了"土豪"的标签。

这种现象在科技界也时有发生，中国人的热情好客，着实打动了许多国际友人，同时也让他们产生了一些错觉。有些人在熟悉了中国人的待客之道之后，甚至开始有了非分之想。我也听到过国人由于好客，把某些外国人"惯坏了"之类的说法。

记得我曾经组织过一次全国性大学生科技竞赛活动。和所有承办大赛的人一样，我希望把此次大赛办成一次"史无前例"的盛会，其标志之一，就是各路亲朋好友都来参加。既然大赛冠以"全国"二字，自然会想到尽量也邀请港澳台地区的同学参加，尽管这是一件很不容易的事情。

大赛准备工作期间，恰逢陪同校长出差台湾，我就利用陪同校长参访台湾某高校的机会，当着双方校长的面邀请对方大学的师生参会，并许下了"到了北京之后的食宿费用均由我方承担"的诺言，一番努力之后，我终于促成了此事。

大赛的日子一天天临近，就在大赛开始几天前，我接到了来自台湾高校老师的邮件，说他们需要提前几天抵京，希望我方能做出适当的安排。明白了他们的意思后，我立即明确回复，我们可以帮助安排住宿，但到我承诺的日期前，费用需要他们自己负担。

台湾师生们抵京后，我对他们说："实在抱歉，我没有时间陪同你们参观北京。不过，你们出行和就餐时记得索要发票，会后我统一报销。"

到了他们启程返台的那天，我去宾馆为他们送行。台湾师生在为我特意前往宾馆送行表示感谢之余，给了我总金额大约两百多元人民币的发票，这就是两位带队老师和三位同学在北京参加大赛期间出行和餐饮的全部花费！他们的俭朴和贴心着实令我感动。

还有一次，我承办一个小型的国际会议，与会嘉宾中有一对年轻的外国人夫妇。抵京后，他们提出希望在市内旅游。听到这样的愿望，我对他们说："我可以安排人员陪同导游，但是费用需要你们自己负担。"对方接受了我的这个提议。接着，我安排了学生陪同他们在北京市内旅游。后来听陪同的学生回来说，他们玩得很愉快。还是这对夫妇，会后提出要去机场，我回答他们说："我可以帮忙叫出租车，但费用还是需要你们自己负担。"对方依旧接受了我的提议。

我不认为上述这些情况是对方提出了无理要求，我也认为我们应该为他人提供力所能及的帮助。但是，就像毫无原则地施舍可以把好人引入贪婪和懒惰的歧途那样,毫无原则的豪爽也会让好人产生错觉,纵容好人产生非分之想。而那样或许就是那些"土豪"们花了大钱,却得不到人们的尊敬的原因吧。

还是主办那次科技大赛期间的事情。

在我事先访问西部某兄弟院校时,考虑到他们的经济能力,我对他们承诺,如果他们有作品入围决赛,我可以承担他们两个人来京参赛的全部差旅费用。后来,他们的一件作品真的如愿入围,来京参加决赛了。当他们准备返程,我得知两位带队老师返程买的是火车票时,就立即指示助手,退掉两位老师的火车票,为他们购买了飞机票。

两位老师购买火车票的举动,显然是在为我节省开支,这让我看到了他们为他人着想的体贴和吃苦忍耐的克己之心,而这些不正是我们这个时代需要提倡和发扬的吗?他们打动了我,也让我有了帮助他们的冲动。

说实在的,无论"土豪"一词的含义多么被中性化,我都不愿加入"土豪"的行列,如果一定要加入的话,那就做一个豪而不土的新土豪。

2016 年毕业季感言

2016 年 7 月 12 日

（一）克己全人

人的一生当中总有一些重要的日子，这些日子将载入我们人生的史册。在这些重要的日子里，如果少了一些人的出席，无论我们自己多么努力，这个重要的日子都是不完美的，都会留下遗憾。

现在很多人都把自己的孩子送到国外读书，在孩子们毕业典礼时，家长都会受邀出席庆典。这种庆典，对于学生来说就是她/他一生当中最重要的日子之一。在毕业仪式上，从校长、老师、学生本人到家长，人们各就各位，身着正装，以最庄重的心态，在最热烈的气氛中庆祝学生走完了人生一段重要的旅程。孩子们接受了一次庄严和神圣的洗礼，也向着一个成熟、负责任的社会人又迈进了一步。

每一个重要的日子,都伴随着蜕变和成长,都会增加孩子们对社会的信任感、责任感及使命感。

在我看来,对于学生来说,没有什么事情比他的毕业仪式更加重要了。这种聚会,既是毕业生本人的荣耀,也是整个集体的荣耀,所有人都应该努力去维护这种荣耀,去成全这种荣耀。如果大家都随便找一个借口不来参加,仪式还能称其为仪式吗?

记得我的一位曾经的科研项目合作伙伴、一所著名大学的校长曾经感言,当他自己举办校庆活动时,才发现参加同事的校庆日是多么的重要。

这位校长的感言,从一个侧面道出了成人之美的意义。

如果我们希望人生当中有那么几个庄严、神圣和完美的日子的话,我们就需要克己,需要努力去成全他人。

(二)保持自我

如果一定要说当下人们最缺乏什么的话,我会毫不犹豫地说:自我,当下人们最缺乏的是自我。

在我看来,自我是最为重要的东西,须臾不可或缺。有自我的人,才可能有真正的智慧、勇敢、宽容、忠诚及善良。

有自我，就是在面对"从众"的压力时坚持自己的判断。

学生们走上社会，会遇到各种各样的问题，也会走到社会前列，走上各种形式的"领导岗位"。那时，会有人主动替你拎包，主动替你撰写发言稿，主动替你打扫卫生。但遇到这种情况，请谢绝！无论你们走到哪里，都需要保持自我。无论何时何地，自己的事情自己做。

保持自我，还需要学会拒绝无理，拒绝无耻。久而久之，你就有了定力，有了保护自己的躯壳。为此，你可能要付出一定的代价，不过当你舒心地呼吸自由的空气时，你会发现一切都非常值得。

（三）赤裸的上身

刚才来的路上，我遇到了两个人，两个不认识的人。他们之所以引起我的注意，是因为他们都赤裸着上身。

我就在想，是什么让他们赤裸上身呢？是什么让他们沦落到了赤裸上身却不觉得羞耻的地步呢？

想想看，如果我们没有受过教育，我们是不是会和他们一样呢？或许，在某些人的眼里，我们也是那种赤裸着上身，却浑然不觉羞耻的人。

只有多读书，多思考，才能有文化，才能不赤裸上身。

从"黄灯"说开去

2016年7月16日

前不久,关于"闯黄灯"是否应该受处罚的问题在全国掀起了一场不大不小的风波。为了寻求例证,有人查遍了世界上主要国家的交通法规条文,发现对黄灯的规定大同小异,基本上都有这样一句话:黄灯亮时,在紧急停车不能确保安全的情况下,车辆继续通过路口。

这句话意味着什么呢?

意味着机动车驾驶员可以根据路面情况(包括雨雪、结冰、畸形交叉路口、车辆的长度、后面跟随车辆的距离及车队速度等),在遇到黄灯紧急停车无法确保交通安全的情况下,可以保持车速继续通过交叉路口。

确保安全是各国道路交通法规不可动摇的基本准则,许多实际情况中,只有驾驶员(而不是包括交警在内的其他人）可以作出最能确保安全的判断。为此，法律赋予了驾驶员在遇到黄灯时视情况选择停车或者继续通过交叉路口的权利。这既坚持了确保安全的原则，又尊重了客观规律。而凡是"闯黄灯"就要处罚的做法，无疑是剥夺了，至少是部分剥夺了驾驶员的这个权利。

前几天，和一位在高校工作的朋友就人才引进的问题交流时发现，当前许多高校对引进人才设置了明确的、不容妥协的门槛，这些门槛普遍高于国际上对于大学教师的基本要求，比方说专业适当、具有博士学位及身体条件可胜任工作等。

这就带来一个问题，无论大学的具体用人部门多么急需这个人，即便这个人的条件符合国际通行标准，只要不能达到学校设置的那道门槛，他就无法进入大学的那个部门工作。

转念一想，人才引进的目标是什么呢？恐怕是最大限度地满足用人部门的需求。那么，谁才能够对拟引进的人才是否适任作出最为准确的判断呢？毫无疑问，应该是具体用人部门。因此，高校设置人才引进门槛的做法，无疑是剥夺了，至少是部分剥夺了具体用人部门的权利。

当说到为何一定要设置门槛时，这位朋友解释道，是因为担心基层用人部门不负责任，滥用了人才引进的权利。我相信这样的话能让不少人信服，只是这样一来，能否达到人才引进的真实目标就很难说了。

从"黄灯"到"门槛"，两件看似风马牛不相及的事情有一个共同点：最初的目的被忽视，本来的责任者的权利，起码是部分权利被剥夺。

当然，"剥夺权利"的做法也并非心血来潮、毫无根据。那么，这背后的根源是什么呢，恐怕就得谈到"信任"的问题了。

但是，如果大学的老师和基层负责人都不能被相信，我们这个社会还有谁可以被相信呢？换一个角度说，你不信他，他怎么有机会证明他值得信任呢？

人们常说：黑暗不能赶走黑暗，只有光明可以做到。同样，怀疑不能赶走怀疑，只有信任才可以做到。

一个人尊严的建立需要一个过程，只有在被信任的情况下，他的人性、荣誉感和尊严才会不断地被激发。被当作贼一样来严加防范的人，更容易堕落下去。怀疑只能造就出一个卑贱的民族。一个自信、自尊的人，一定是被信任的人，而这样的人越多，民族才会越强大。

我们应该尝试信任别人，让制定的规则符合自然的规律。因为，那是我们这个社会必须做的事情。

"让他们去造自动贩卖机啊"

2016年7月29日

网上一组反映矿山资源枯竭后的厂区的照片吸引了我。

街道空空如也,破败的房屋旁边,一群未老先衰的人或三五成群地聊天,或是围坐在小桌旁打着麻将。人们和那座矿山一起,和产业转型升级一道走进了历史。矿藏没有了,企业没有了,他们都还健康地活着,可是,那"健康"二字也只是生理意义上的。

这组照片是一种现实、一段历史的写照,让人们看到随着我国产业升级换代,一代从业人员命运的模式。

我相信,没有哪个人愿意就那样了此一生。然而,世界就是如此无情!

如果每一次产业升级,都伴随着一些(代)人如此这般地走入自己人生的历史的话，那代价是不是太大了些？

我努力搜索着记忆中的其他模式。日本也经历过许多次产业升级，也经历过矿山资源枯竭。记得1988年留学日本时，就听到过这样一段对话。

日本学生："你们中国为什么不使用自动贩卖机呢？"

中国学生："那样会有许多人失业。"

日本学生："那不对啊，被自动贩卖机替代的人可以去制造自动贩卖机啊。"

中国学生："……"

前几天，在给一个市长班讲课时，也曾有过类似的讨论，那些为停车人工收费的必要性辩护的市长们，其逻辑就无须在这里重复了。

上面那段中日学生简单的对话，既道出了他们不一样的思维方式，也道出了日本产业升级、人员转移的结果。或许正是因为如此，我们在日本看不到大量随着产业升级而被淘汰的人。

想想那些被淘汰的人，他们在有能力学习各种知识和技能的时候，过着无须考虑未来的"主人翁"的生活，在不知不觉中却突然走进了历史。在这一点上来说，他们是值得同情的。

但是，从社会进步和个人努力的角度来说，他们又是不值得被同情的。

这就有了一个问题：我们今天该怎么办？

记得在日本时曾经看到过失业工人再就业的介绍。这里的再就业，既有从一个行业转向另外一个行业，也有到了退休年龄后再就业的。从那些例子来看，再就业者都保持着积极的生活态度，都具有努力学习的欲望和一定的学习能力。日本的这些例子给了我们许多启发。

除了号召人们要不断努力之外，作为社会的教育机构，我们也不应无所作为。在从外国学来的《工程教育质量认证标准》中，就有需要学生本科毕业时具备"终生学习"的能力这一条要求。或许他们早就意识到，只有终生学习，人们才能更好地适应产业的升级转移，更好地适应社会的进步。

从生命周期的自然规律来看，社会对我们交通工程专业培养出来的学生的需求也不会永远旺盛，这些都注定了我们培养的一部分学生会走向他人生的新的领域。到那时，抱残守缺的人终将被社会所淘汰，无论他多么不情愿。

那我们是教育我们的学生坚守被挖空的矿山，还是教育他们敢于毅然决然地去开辟新的领域呢？我想，如果社会上新的行业领域总有交通工程专业出身的人成为领军人物，那才是我们教育成功的标志呢。

因此，问题已经从培养学生们有饭吃，变成了培养他们适应社会发展，甚至引领社会进步。

我们应该用人的进步带动社会的进步，而不是用人的止步不前来阻碍社会发展。告诉我们的学生和我们自己：每个人都需要终生学习，需要跟上时代的脚步。

让被自动贩卖机替代的人去造自动贩卖机，让被机器人替代的人去设计制造机器人，这才是社会应有的进步模式。

发生在日本的两个故事

2016 年 8 月 4 日

（一）第一个故事

多年前的一天，国际材料科学领域的专家宣称，发表在该领域顶级刊物上的一项实验结果无法被再现，而这篇论文出自东京某大学的一个研究小组。这引起了日本材料科学学术界伦理委员会的高度重视，立即责成该大学调查此事。

该大学的学术委员会要求论文的作者——某著名教授提供相关实验证据。该教授回应称，实验的全部数据保存在助手的计算机里，由于操作失误的原因，不慎将其全部删除了。

学术委员会决定给教授一定期限，请他再现实验结果，并提供相关证明。

结果是该教授的助手自杀身亡，该教授随后在发表论文的刊物上发布了通告，宣布撤销那篇论文。不仅如此，还撤销了他所发表的一系列论文。

（二）第二个故事

2014年，日本的一个研究小组宣称完成了一项"诺奖级"的成果，他们用极其简单的方法，制造出了一种"万能细胞"（STAP细胞）。这篇论文的第一作者是一个叫作小保方晴子的青年学者，联名作者有美国该领域的一位顶尖级教授和另一位非常有前途的日本教授。

日本一些媒体立即"欢呼"起来。因为，行内人士都知道，如果这项成果属实，它的科学意义重大。

然而，该成果一经发布，立即引起了世界学术界的质疑。日本有关方面迅速成立了调查小组，要对成果进行确认。由于小保方晴子一时拿不出让人信服的证据，调查小组只得要求她在给定时间内再现她的实验。当然，实验过程是在严密的监控条件下进行的。

其间，那位日方很有前途的合作研究者自杀了。

时间无情地流逝，小保方晴子在规定的时间内没能拿出她所宣称的成果。

最终，她不得不登报宣布撤回其发表的论文，早稻田大学随后也宣布取消了颁发给她的博士学位。

在此，我还想到了韩国学者黄禹锡学术造假的故事。

看来，在世界范围内试图一举成名的大有人在。但是，通过发生在日本的两个悲剧，我们看到了一个有效的学术监督机制。或许正是因为如此，我们才经常能在诺奖得主的名单上看到日本人的名字。

奥运金牌和诺奖情结

2016年10月3日

一个国家、一座城市成功地举办一次奥运会,可以带来许多好处。2008年北京奥运会的成功举办,极大地提振了国人的精神,增加了国人的自信,也让世界对中国刮目相看。

奥运会成功后,国人开始把目光转向下一个目标,诺贝尔奖就自然而然地成了人们关注的对象。

那么,诺奖究竟是什么呢?

在相当一部分人看来,诺奖犹如奥运金牌,拿到它,就标志着达到了某个领域的最高水平,或是取得了最高的科学成就。这样的认识对吗?我认为,也对也不对。

说它对,是因为诺奖从来都被颁发给那些在得奖领域作出了杰出贡献的人;说它不对,是因为诺奖得主并非像奥运金牌获得者那样是实质上的第一名,而是许许多多水平相当的卓越人士中的那个幸运儿。

就拿文学奖为例,放眼全球,哪个国家都有那么一批优秀的文学家,他们中的哪一位获得诺奖都是情理之中的事。而像日本作家村上春树那样,每年得奖呼声甚高,却每年都和诺奖失之交臂的文学家也大有人在。在自然科学领域也是如此,尤其是诺奖延伸至基础科学以外的技术领域之后。

诺奖是水平、实力和贡献的象征,无论是在文化领域,还是科学技术领域,是对某人(项)成就和贡献的奖励。而这些成就和贡献,需要孕育它们的"土壤",即造就它们的社会环境,这就是某些国家有很多诺奖得主和有力的竞争者的原因。当然,一个国家具备获奖实力的科学家越多,这个国家的科学家获奖的可能性就越大,这是一个简单的道理。

而另一方面,诺奖坚持把自然科学方面的奖项颁发给其成果经过反复证明是正确的发明(现)者,这无疑延长了从成果产生到获奖之间的时间。

因此,获得诺奖与获得奥运金牌不同,用"可遇而不可求"来形容一点都不为过。这也正是那些诺奖预测机构经常预测不准的原因之一。

毫无疑问,诺奖是一项巨大的、用金钱和权力无法换取的荣誉，是一个人人生价值的重要体现。因此，诺奖得主会受到世人的普遍尊敬。此外，还应该看到诺奖不过是一个国家社会发展的自然产物。明白了这个道理，就不必对诺奖的获得与否耿耿于怀了。

假如诺奖能不计成本地用重金"砸"出来，诺奖就变成了金钱堆砌的产物，它也就必然会失去让人们尊敬的价值。

没有自由,就没有服从

2016 年 11 月 17 日

一个大规模会议的晚宴时分,视野里少了一些人。

"好不容易到这里一趟,他们去吃当地的美食了。"有人如此解释道。

听起来这个理由似乎无可厚非,可是想到请客的人、想到这是一个难得的大家聚会的机会时,人们应该如何选择呢?

事实上,我的学生也邀请了我出席他们组织的小聚会,接受这个邀请就得脱离集体,错过和大家聚会的机会。正是由于这个考虑,我谢绝了学生的邀请,把与学生的聚会安排在了集体聚会之后。

这让我想起了发生在我的团队的一件事。

一次,我召开一个团队沙龙,并安排了适合学生的文娱活动，想借此创造一个同学们交流的机会，因此希望团队的所有学生都能出席。为此，我反复向学生们说明此次聚会的意义，我也预料到有些学生会借故缺席。于是，我就事先定下规矩：凡是不参加者，一律要向我请假，不得"先斩后奏"。

果然，有一个学生以在实习单位需要加班为由向我请假。我询问了情况后回复他："今天无论多晚，都必须到！"后来，这位学生虽然迟到了一些，但还是赶上了晚餐。他的这个行动让我感到，这个学生缺的不是时间，而是一种成就集体、服从大家的意识。

我想起了在日本时的一个场景。

我们吃完晚饭从饭馆出来，站在门口的寒风中等待良久，其间，没有一个人抱怨，也没有人找借口离去。

"我们在等什么？"初来乍到的台湾同学十分不解地问我。

其实，我们是在等待决策者（老师们）商量接下来一起去喝酒的地点。不同文化背景下成长起来的我们，对此并非都能十分理解。我凭经验告诉台湾同学，稍等一会儿就会有答案的。这样的聚会，基本上都是AA制，但即便如此，也极少有人请假。

还是在日本，驾车者经常会路遇有人指挥交通，只要有一个人在维持交通秩序，无论他是谁、是否身着制服，驾车者都会自觉地服从指挥。当然，在社会上如果有人做了违法或者违背公共道德的事情，任何劝阻的话，甚至是不满的话都是纠正他的命令。

由此我们看到了一种无条件的服从。

人们认为，规则和纪律都源于自由。是因为有了自由的选择，才有了服从的义务，才有了法律的尊严，进而才有了法律保护下的自由。我们看到的许多社会里的自觉的服从，其根源都是自由。

我当然不能从学生一入团队就告诉他自由的含义和服从的义务，但我会通过这些看似可有可无的集体活动，教育他们学会服从。在我看来，在自由意志下的服从，是一种义务，也是一个人成熟的标志。

我希望我的学生能够理解这些并不是为了维护个人权威，而是为了让他理解自由和服从意义的良苦用心。

经济的发展让人们有了更多选择的机会，也考验着人们对自由和服从的理解。服从是一种实力、一种力量。懂得服从的人，才是一个理性的、有力量的人。

看着宴会餐桌上剩下的许多无人问津的珍馐佳肴，我就在想：难道不能放弃一点个人利益而服从大家吗？

第二篇

曲折的进化路径

要进化成人,就必须走一条看似希腊字母"Ω"形的弯路。

曲折的进化路径

2016年6月20日

记得上中学时，老师告诉我们，人类最早是从水里来到陆上的。来到陆地上之后，先是进化成生活在树上的猿类，而后猿类中的一部分下到树下开始直立行走，逐渐向人类进化，另一部分则继续留在树上，沿着原来猿的方向进化。

当时老师特别强调，那些没有从水里上岸的动物，再也没有机会进化成人。上到陆地以后，没有进化成猿类的动物，也没有机会进化成人，而猿类如果没有从树上下到地面，也不能向着人类进化。动物要进化成人，就必须走一条看似希腊字母"Ω"形的弯路，这些"弯路"中的每个阶段都是在为下个阶段的进化做好准备，没有捷径。

自然的进化就是如此奇妙！

在感叹大自然的神奇之余，人类进化的如此神奇的路径，给了我们许多启示。

自然界的其他方面是否也存在类似曲折的进化、演化现象呢？

现在到处都在谈"互联网+"，许多城市都在使用公共财政建设城市公共自行车系统。然而，国内的城市公共自行车能够实现可持续发展的，可谓寥寥无几。

而在欧洲，有的城市则是利用互联网系统把私人自行车联系起来，从而实现了自行车的共享利用。显然，这样的模式和使用公共财政的模式截然不同。除了可以提高私人自行车的利用率之外，还可以节省大量的公共财政资金，可谓好处多多。

那么，实现这一模式的基础是什么呢？

我想，除了安全以外，它的条件还有两个：一是私有制，二是对合作共享的认同和对其好处的认知。

从公有到共享，和从私有到共享，一条是直路，一条是弯路。不知道后者是否是必须经历的曲折，说不定正像人类进化那样，虽然曲折，但是没有捷径。

没有信仰，我们该拿什么当口头禅？

2016年6月29日

小时候，通过阅读古典文学，得知有口头禅这个东西。我们从小接受的是无神论的教育，只是知道口头禅多出自佛教、道家子弟口中，以为佛家弟子的口头禅就是"阿弥陀佛"，道家门生的口头禅就是"无量寿福"。可是，若被问起什么是口头禅，还真说不清楚。

那么，究竟什么是口头禅呢？网上对于口头禅是这样解释的：

口头禅一词来源于佛教禅宗，本意指不去用心领悟，而把一些现成的经验挂在口头，装作有思想，自以为懂得禅的道理，被列为禅之歧途中的一种。这个词演变至今，则意指一个人习惯在有意或无意间时常讲的说话语句。口头禅可算是一个人的其中一个标志，亦影响其他人对他的形象与观感。口头禅可以是心理的一种反射，可反映出说口头禅者的心理状态。

看起来，口头禅兼有表明一个人的思想境界和身份两重功效，这倒是蛮有意思的一件事。

那么，没有宗教信仰的人也有口头禅吗？

说到这里，我不得不佩服一些人在紧跟时代潮流遣词造句方面，可谓具有炉火纯青的能力。

前几天参加一个"物联网"项目的结题会议，项目负责人无奈地说："'物联网'的项目还没结题呢，（研究内容的意义）就被'大数据''互联网+'代替了，又落后了。"

想想也是，在这个项目立项时，"物联网"就像口头禅一样，被挂在无数学者的嘴边，彼时的"物联网"可是最"时尚"的科技领域。谁知道，时过境迁，如今的口头禅已经变成"大数据""互联网+"及"供给侧"了。当年的宠儿未老先衰，被狠狠地冷落在了一边。

相对来说，佛家、道家子弟的口头禅是静态的、不变的，之所以如此，是因为他们心中有一个不变的信仰。

如果说"口头禅可以是心理的一种反射"的话，今天的这些流行在学者嘴上的口头禅究竟反射了些什么呢？

没有信仰，我们该拿什么当口头禅？

冷眼看大数据

2016年7月21日

一段时期以来,一个词把我都给吵懵了,这个词就是"大数据"。究竟什么是"大数据"?不懂就得学习,这一学习才发现,人们给"大数据"下的定义颇多,对"大数据"的认识并不统一。仔细想想那些把我吵懵了的人的核心意思,"大数据"就是量很大很大的数据。在交通界,当然存在着数量庞大的数据,如观测交通量、视频数据等。因此,在交通界经常听到"大数据"这个词无可厚非。

但数据量大又怎么样了呢?"大数据"怎么突然就火了呢?不知道。

冷眼看到漫天飞舞的"大数据"后,也看到了其他东西。

具有科学概念的人都知道,科学的任务就是发现规律、探索真理。如果用一个过程描述的话,那就是提出问题、假设、求证、发现规律,而这个过程当然就需要证据。

那么数据在这个过程中起到什么作用呢?数据是证据素材,有了这些"素材",人们借助工具和方法才能得出某种结论。

于是问题来了,究竟用多少素材——数据才能证明一个客观规律呢?

翻开自然科学史可以发现,有用很多数据来证明一个规律、现象的事例,也有很多用一个数据就证明了某种规律的事例。中国人讲"一叶知秋""窥一斑可见全豹",说的就是这个意思。因此,无论你有多少数据,从科学研究意义上来讲,"大数据"没有逃出目前科学研究的模式。

如果我们把"大数据"比喻成盖房子的建筑材料,当然建材的数量和种类越多,人们挑选的余地就越大,盖出来的房子可能就越好。但想盖好一座房子,建材的数量恰到好处才是最经济的办法,而并非越多越好吧。

阅读了几篇"大数据"的论文,看过了几个"大数据"的项目之后发现,除了用到了"量很大很大"的数据之外,没有什么石破天惊的东西。

我承认,在研究某些服从统计规律的现象时,"量很大很大"的数据或许有助于我们认识某种规律。但如果这就是"大数据",我只能对它道一声:"走好!"

什么是公共交通?
——从出租车的属性谈起

2016年8月27日

说起来,对公共交通概念的澄清是从出租车到底算不算公共交通的讨论开始的。

要说出租车是公共交通方式还是私人交通方式,首先有一个不同语境的问题,即交通规划(交通需求的预测)的语境和交通政策(交通需求的调控)的语境。在我看来,两种语境中出租车的属性可以有所不同。于前者,从纯粹交通需求的角度考虑,它可以等同于私人交通的小汽车,至于后者,则是接下来需要讨论的问题。

要讨论出租车算不算是公共交通,那得先说清楚什么是公共交通。说到公共交通,人们很容易想到轨道交通和公共汽车,并以它们来比对其他的交通方式,从而承认或否认它属于公共交通。然而,无论这个认识多么清晰,都需要给公共交通下一个明确的定义。

我对公共交通给出的定义是,对非特定对象提供非排他性出行的服务方式。注意,这里定义的是服务方式,而不具体指实现这种服务的工具。这个定义需要进一步讨论的是"排他性"。

排他性有两个理解:一是服务对象的排他,即只(或只不)针对某些特定对象;二是服务能力上的排他,即只能提供一定的服务能力,而无法使得所有需求者得到服务。

我们不妨利用我们已知的公共电汽车、火车来检验一下上面的定义。人们不会因为春运期间买不到火车票,就说火车是非公共交通,也不会因为公共汽车一次无法把站台上的乘客全部拉走,就说公共汽车不是公共交通了。因此,可以说服务能力上的限制不能被视为排他,并以此作为是否属于公共交通的判断依据。

我们再举一个关于"排他性"的例子。我们去理发时,理发师只能一个人、一个人地服务,只要理发师(店)不是只给某些特定的对象服务,人们就不能说这样的服务是"排他的",这样的服务就不是公共服务。

相同道理,和公共电汽车、轨道交通的车辆相比,虽然出租车容量小了一点,但在服务的对象上是没有选择的,因此,从本文给出的定义出发,出租车属于公共交通无疑。

至于是否要大力发展出租车,那要视资源和市场需求的情况而定。记得早些年,在西部的一些城市,花三五元就可以乘坐出租车到达城市的任何地方。出租车很是繁荣,其他公共交通方式则相对萎靡。至今,中国的许多小城镇依然有类似的情形。

我们不能想象一座城市没有出租车而只有公共汽车(或其他公共交通方式),当然也无法想象一座城市只有出租车而没有其他公共交通方式。根据一个国家、一个城市的资源和市场情况,因地制宜地发展综合交通系统,才是我们应有的态度。

关于什么是公共交通讨论的补遗

2016年8月29日

前不久,大家围绕"出租车算不算公共交通"的问题展开了热烈的讨论,通过讨论,每个人都有所收获,也确实澄清了一些问题,但仍有一些问题还需加深认识。公共交通服务、交通工具及公共交通提供者的关系就是需要进一步澄清的问题。

在这里我想强调的是,服务和实现服务的工具、服务的提供者不是一回事,不能混为一谈。

说到出租车,人们很容易联想到出租车这种交通工具,有人则还能联想到出租车经营单位。于是牵扯出了许多说法,不一而足。

大家应该注意到了,我们讨论的主题一直是公共交通,而我所说的公共交通既不是指公共汽车,也不是指公交公司，而是指公共交通服务。至于实现公共交通服务的工具（公交汽车或者其他工具）和服务的提供者（公交公司或者其他单位），可以暂且放在一边。

公共交通服务的定义是"对非特定人群提供非排他性出行服务"，明确了这一基本概念之后，如何将它落实在城市居民的出行服务上呢？这才是由谁、用怎样的交通工具来实现的问题。

这时候，政府首先想到的是要尽可能为每个居民提供安全、廉价和均等的出行服务，同时也要满足多种需求。要做到这一点，通常，政府会用某种方式（比方说公营的形式、特许经营的方式或者自由竞争），将城市公共交通的经营权利移交给公交服务的提供商，公交服务提供商再利用多种形式的交通工具，如公共电汽车、轨道交通及出租车等，提供不同规格和品质的公共交通服务产品。因此，公共电汽车、轨道交通、出租车及其他工具、服务方式都不过是城市公共交通服务的一种产品而已。这就好比我们要做饭，商店里提供了各种规格的锅，锅的大小、形状及使用条件各异，但是，它们都是服务于做饭。

同时，政府通过监管，来确保公交服务提供商的服务产品达到约定的服务水平。

大家提到的治理"出租车拒载"问题，就是政府通过监管，确保出租车的服务水平达到要求的一个例子。

因为,"出租车拒载"既是出租车服务的质量问题,又是公共交通对乘客"排他",从而破坏了它的公共交通服务属性的问题。政府对此进行监管,正是要确保出租车经营的"非排他性"。

现在我们明白了,公共交通服务产品的品种、规格多种多样。交通工具也好,公交提供商也罢,都是公共交通服务的一种具体体现,它们只能影响公共交通服务产品的规格和质量,不能改变公共交通服务的基本性质。

由于"政府购买服务"和公共服务领域的更加开放,今后会有更多的私营企业进入城市公共交通服务领域,这些企业和政府监管也只能影响到公共交通服务产品的规格和质量,而不能改变公共交通服务的基本属性。

有人可能会说:"公共交通或许有不同的定义,这样就会有不同的理解。"

我想说,这种可能性完全存在,据说人们对于"文化"的定义,已经多达惊人的一百多种!

不过,我们不要忽略一个问题:什么才是好的定义、准确的定义?

我认为,定义是对事物本质属性的刻画、抽象和描述。好的定义自然值得研究和讨论,而不好的定义只会让人围绕着问题的核心走更远的路,仅此而已。

敬请大家批评指正!

关于城市第一辆公共汽车的猜想

2016年8月29日

有一天,一个人有了一种从城市的某个地点到另外一个地点的长期稳定的出行需求,他找到了一辆车(或许是马车),和车主商量好价格之后,车主按照他的意思把他送到了目的地。

第二天,又有一个人有了类似的出行需求,但是,他和第一个人的目的地并不相同。于是,两人商量了一下线路,同乘一辆车抵达了各自的目的地。

第三天,第三个人有了类似的出行需求,他们三个人的目的地仍各不相同,这一次他们在线路的问题上讨论了半天,最后勉强达成了共识。

第四天,更多人有了类似的出行需求,这时候那辆车无论如何也无法在线路的问题上达成共识。

车主当然不想放弃这个赚钱的机会,他回家想了一下,将服务改造成了按照固定时间、固定线路行驶,并给马车取名公共马车。这下没有了命令、商量和争议,每个出行者的问题都解决了。

关于排他性的理解

2016年8月30日

　　关于出租车是否具有"排他性",人们提出了许多质疑。究竟怎样才算是"排他",我想谈谈我的思考。

　　经济学中,排他性是这样定义的:排他性是指在市场体制下,物品或服务的潜在用户能够被有效排除的性质。

　　下面,我们就仅用"排除"这个易于理解的关键词来进行讨论。

　　总起来说,我们提到"排他",很容易理解成"某一顾客独占某种服务",这样理解似乎也没错。那么,出租车提供的交通服务是否符合这种理解呢?

　　首先,我们需要观察一下公共交通需求的形态。公共交通需求有时是以个体的形式出现,有时则是以群体的形式出现，如亲朋好友两三个人一同出行。对于出租车，乘客有一位的时候，也常有多位的时候。

其次，很早以前，许多城市就有了合乘出租车的服务形式，大家共享出租车，分段计价，各付各的钱。

以上两种情况都表明出租车服务具有非排他性。那么，"排他"的问题是否彻底说清楚了呢？好像也没有。

为了进一步说明问题，我们假设如下几种情形。

情形一：早高峰时，一辆公共汽车上只剩下十个人的空间，可是站台上有二十位乘客，无论如何这辆车都无法将他们都载走，必须有十位乘客等待下一班公交车。而在非早高峰时期，公共汽车通常可以将站台上的乘客都载走。我们是否会说公交车有排他性呢？

我猜大家会说"不"。

情形二：假如公共汽车只有十个座位，而站台上始终有二十位乘客，则一直有十位乘客会被滞留在站台上。我们还会认为公交车有排他性吗？

我猜大多数人依旧会说"不"，但是，有些人可能开始动摇了。

情形三：出租车站台上始终有两位乘客，而出租车每次只运送一位乘客。这时我们会认为出租车有排他性吗？

我猜有人会说"不"，有人则会说"是"。

为什么对于这三种情形，人们会有不同的答案呢？

在情形一中，人们不知不觉中会默认这样一个概念：只要有些时段没有排他，就不算排他。

而在情形二和情形三中，只不过将情形一中"排他"的时间段延长了，即从"早高峰"延长到了"始终"。这时候，时间的概念消失，人们便会关注交通服务资源空间占用上的"排他"，而忘记了在情形一中早已承认的"非排他"。

我们再通过纯粹的私人交通，思考究竟什么是排他。私家小汽车内的所有空间全天候地属于车主，即便私家小汽车空闲，其他人也不得占用，这是我们认为的排他。

私家车的排他，既包括交通服务资源空间上的排他，也包括时间上的排他。

情形二和情形三中，虽然车上的乘客在空间上看似存在"排他"，但他们都没有排斥其他乘客使用另外的运次，不构成时间和空间上的排他，因而不是排他。

希望上述思考有助于我们共同理解排他的概念。

对"出租车究竟应该属私还是属公的讨论"的回应

2016年9月12日

看了大家精彩的发言,感觉受益良多。

讨论中暴露出许多问题,对公共交通的认识和理解就是其中之一。

我想大家一定注意到了,我是在明确了公共交通的定义之后,再来分析出租车的属性,努力克服一切先入为主的成见和偏见。而某些质疑的声音,则是在还没说清楚什么是公共交通的情况下,"证明"出租车不属于公共交通。

这就好比在没有定罪标准的情况下,先确定一个人有罪,然后才去找标准,并且在不给出标准的情况下,就坚称这个人有罪。

到目前为止,只有我在讨论中明确给出了公共交通的定义，这个定义不仅说清了公共交通，也说清了出租车，甚至公租自行车的属性问题。人们完全可以尝试套用这个定义，去定义"公共医疗""公共停车场"，甚至是"公共厕所"等一切带有"公共"二字的事物。这一点也说明了这个定义具有普适性。

我不认为我对公共交通的认知是完美的、无须完善的。为此，我一直抱有遇到更好的公共交通的定义和解释，要随时完善自己对公共交通的认识的态度。而且在我看来，这纯粹是学术之争，添加进来杂七杂八的东西，便没必要了。

不过，令人遗憾的是，至今没有人来挑战我对公共交通的定义，更遑论从那个"定义"出发去论证出租车是否属于公共交通了。没有一个明确的定义，我们就无法保证张三说的"公共交通"和李四说的"公共交通"是同一件事，更无法深入进行讨论。

我想，如果我们说不清本学科最基本的概念，无法在那些概念之下，通过严谨的逻辑体系构筑起自己的知识体系和理论体系的话，就不要怪别的学科"欺负"我们了。我实在不想让我们的后人嘲笑我们："那是一次滑稽的讨论。"因为，我们的后人必将有更高的科学素养。

为此，我希望再来讨论时，请先给出公共交通的定义，再证明出租车是否符合那个定义，用科学的理论体系说服大家,我非常乐意看到这一点。同时,我希望我们的讨论是从公共交通出发,而不是为了从公共交通中排除出租车出发。否则,就不要怪大家批评你存有偏见了。

总结一下我的观点:

首先,从我对公共交通的定义出发,出租车属于公共交通。

此外,出租车和合乘车、租赁巴士、公租自行车等一样,属于公共交通服务的一个产品,仅是产品的规格不同而已。

最后,私人企业参与公共交通服务领域的经营,在政府监管到位的情况下,只能改变公共交通服务的质量,不能改变其性质。

"我就不去了！"

2016年11月2日

"喂，是关老师吗？"

"是的。"

"×日下午您有时间吗？"

"唔，有时间。"

"那太好了！我们有个课题需要评审，想请您当专家、当组长。"

"谢谢！是什么课题呢？"

"是关于'网约车'的，需要通过一个××评估。"

"哦。我不赞成！"

"哦？为什么？"

"那些关于户籍的限制，简直就是赤裸裸的歧视。"

"哦，那恐怕改不了了。"

"我知道你们的难处。但谢谢你的邀请,我就不去了,你找别人吧,否则你们的课题是无法通过评审的。"

"好吧,谢谢关老师了。"

他们真的知道自己在做什么吗？

2016 年 11 月 10 日

登机后，我通常都会闭上眼睛，在飞机起飞的过程中睡上一小觉。可是这一次，我周围两名乘客打电话的声音让我不得安宁。

我对他人打电话的内容毫无兴趣，但是那焦虑、急躁、喋喋不休的声音实在吵得我无法入睡。我前面的那位乘客，更是在飞机已经滑上跑道，空乘人员再三催促下，才不得不悻悻地关上了手机。

他们真的知道自己在做什么吗？

在另外一个平行时空，城市的停车问题日益严重起来，不知不觉当中，我们的生活空间不断被汽车挤占。人民代表忍无可忍，终于联名提交了一份议案，要求政府解决停车问题。政府看上去也下定决心要解决停车问题了。

或许是该动向的原因,我近来参加了几个有关停车问题解决方案的讨论。听着听着,不免产生了一些疑问。"他们真的知道自己在做什么吗?"我这样想。

(一)政府的职责是什么?

在解决城市停车问题的背景下,我的观点是,政府的职责是为人民看管好城市财产。为此,政府应当勇敢地向全体市民承认:城市没有那么多的资源来满足所有市民的需求。政府应以全市人民的名义,拒绝一切非分的要求。在未征得市民同意的情况下,城市道路或者公共空间的一部分,不能供某些人单独地、长期地和过度地使用。

(二)政府在停车整治中应进还是应退?

所谓进退,在这里是指从机动车那里收回更多的利益或者为机动车停放出让更多的利益。

一个大多数人都承认的事实是,大约从2000年起,我国大规模的城市建设过程中过多地考虑了机动车的便利,而牺牲了行人和自行车的利益。从确保城市公共空间合理分布、引导人们更多地选择公共交通和绿色出行的角度考虑,当前比解决停车难更迫切的问题是如何保障行人和自行车这些交通弱者的最基本的出行权。

因此,当前政府应该做的事情,不是"退",即把路侧及绿地等更多的城市公共空间以解决停车问题的名义交给机动车。而应该"进",即重新考虑城市公共空间的分配,将广场、绿地、人行道、非机动车道等还给人及非机动车,并且采用工程措施永久地排除一些区域的停车。在此基础上,通过严格的停车管理,在消防通道、公共汽车站、人行横道、过街天桥、过街地下道、大门进出口、交叉路口等重点区域彻底排除停车,把城市公共空间交还给市民。

(三)政府还应该做什么?

第一,立法。必须尽快完善停车建设、管理的相关法律法规,修补现有法规中的漏洞。

第二,放开停车收费价格,让市场在停车价格形成中充分发挥作用。政府出面协调停车价格的做法,有损于停车建设和停车市场的价格形成,破坏了市场机制。因此,政府应该停止类似的斡旋行为,扮演好城市资源管理者的角色。

第三,停车执法管理。试想一下,如果一边是高价建设的停车设施,一边是无人值守的免费停车空间,人们会如何选择?没有严格的停车执法管理,任何的市场行为都可能失败。坚定、严格的停车执法,是完善停车管理,促进停车市场形成必不可少的前提。

第四，采取相应的工程措施。我们不能指望依靠人的觉悟来进行停车管理，也不能指望有了法律和执法就一劳永逸。世界各国的经验是：用设施管理停车，管理停车的人。那就是用工程措施，彻底排除机动车进入某些城市空间，例如用阻车桩防止机动车驶上路缘石，进入非机动车道或者人行道。在国外旅行时，只要稍加留意就会发现，那些路侧的阻车桩随处可见，这就说明再发达的国家，也需要用工程的措施来帮助管理停车。

特别需要指出的是，以上四项措施，除了立法之外，没有谁先谁后的问题。尽管工程措施的推行需要一个过程，但从实施的起点上，所有措施必须同步。

当然，有人或许还会说，除了以上几点，就不需要信息化了吗？不需要大数据了吗？不需要互联网了吗？不需要管理人员和金钱分离了吗？不需要定期改变管理人员的工作地点，防止舞弊了吗？不需要……了吗？

都需要，都需要。只是，在当下，即使没有高科技的应用，上述措施也会收到很好的效果。而那么多的其他措施，起到的作用更应该是锦上添花。

尊重表达学术观点的权利

2016 年 12 月 15 日

我可能不同意你的观点,但我会誓死捍卫你说话的权利。

——伏尔泰

出席学术会议,学到了许多东西,在倾听演讲者的发言时,我联想到了一些问题。

前不久,网络上出现了一些学者使用某公司提供的数据分析交通现象的报告,而这些报告得出了一些看似对数据提供公司有利的结论。

暂且不评价这些研究结论,对从不同角度从事科学研究这件事情本身,我是持赞成态度的。

为何?

首先,我们都知道,一直以来,由于交通现象具有社会性,一般个人要获取反映交通现象的相关数据非常困难,每一套数据都弥足珍贵。从不同的方面获取数据,从不同的角度观察交通现象以总结相关规律,有助于完善我们对现实世界的认识。

其次,通过诸多事例可以看到,民营企业蕴藏着巨大的能量,尤其是那些网络公司利用从前"闲置"的移动通信数据,向社会提供交通导航服务后,更是令人们对民营企业的社会价值刮目相看。

另外,纵观全球,民营企业利用自己的资源资助社会性研究的事例由来已久,汽车厂商资助交通安全研究、医药厂商资助公共卫生研究、能源公司支持环保研究,等等,不一而足,在我国也不乏其例。因此,对于民营企业资助交通研究,完全不必大惊小怪。

最后,就是如何看待研究结论的问题了。稍有常识的人,谁不知道一个人如果触犯了"瓜田李下"的禁忌会带来怎样的后果?从这个意义上来说,某些年轻的学者勇敢地坦白自己的数据来源,并忠实于数据分析所得出的结论,倒是显得诚实可爱,值得肯定。

直到今天,我也没有怀疑那些企业向学者提供数据时有什么不道德的用意,更没有怀疑那些学者在利用这些数据进行研究时会违背自己的学术良心。"苏东坡和佛印的故事"给我们的启示是：当无端猜忌他人动机的时候，我们自己的科学素养——学术道德水准也在接受考验。

至于那些数据和研究结论本身的科学性，则是另一个范畴的事情了。尊重别人表达学术观点的权利，唯有这样，才会有一个丰富多彩的世界。

忠于那个共同的目标

尽管经历过激烈的冲突，人们都仍忠于那个共同的目标。

的哥老D

2016年1月29日

一坐进出租车里,我就对看到的景象大吃一惊。

一、二、三、四,出租车驾驶员的面前竟然挂着四部手机(图一),每部手机都连着充电线,把出租车驾驶室弄得满满当当、凌乱不堪。可以想象,的哥同时打开不同的打车软件,为的是及时抢到"好活儿"。

当的哥(我权且称他为老D)看到我如此惊讶,便对我说:"我这还不算最多的,我们队长有六部手机。"

图一 的哥老D的驾驶室内

六部手机！那他车内的样子可想而知了。

在随后的聊天中得知，老 D 来自中原某地，曾经辗转于厦门、广州。在厦门时是"进厂"（在流水线上工作），工资不高。后来去了广州，开起了出租车。最后又来到杭州开出租车，这才算是稳定了下来。

"开出租车每天能收入多少？"

"我一次性把五年四十二万的份子钱交清了。所以，我现在每天挣的都是自己的。

"不过，现在用不了那么多了，三十万就可以买断。"老 D 进一步解释道。

"那你的目标应该是一百万了。"我心里粗算了一下。因为老 D 提到，除去要还借来的四十二万，还要挣够一定的钱。

"对！你算说对了。我的目标就是五年挣一百万。"说到这里，老 D 的话语里有几分兴奋。

"不过，话又说回来，恐怕挣不到。

"现在很多私家车都参与进来，不像以前了。"

粗粗算一下，老 D 平均每月的毛收入需要达到一万七千元才能实现目标，确实不容易！怪不得他的车里挂着那么多的手机呢。

闲聊中老 D 说，他只身一人在杭州开出租车，妻子和三个孩子留在老家。大儿子十七岁，上高二，二儿子十五岁,最小的是个女儿,十三岁。

说到儿子,老 D 显得有些无奈。

"前几天考完试,他说没有公共汽车了,学校也关门了,回不去。不过我知道,他是和几个同学一起在网吧玩了一个通宵。

"以后看他怎么办吧。"老 D 的话里饱含着对孩子未来的担忧。

可以想象,十六七岁,正是逆反的青春期,一个爹不在身边的男孩子,难免会有这样或那样的问题。

"你吃饭了吗?"我问老 D。

"还没有呢,把你们送到了,我就在机场排队、吃饭。

"机场有专门为我们设置的餐厅,米饭一块,素菜两块,荤菜四、五、六块的都有。荤菜有红烧肉、排骨、鸡腿、鸭腿。

"我一般就是一份米饭,一份素菜和一只鸡腿,十一块就解决问题了。

"杭州这一点还不错,在城市的东南西北各个方向都有出租车驾驶员的服务区。其他人也可以去吃饭,就是比我们要贵一点。"

"过年你回家吗?"

"不回去了,家里人过来过年。

"不过,杭州初一到初六几乎没什么生意。每天顶多能拉两百元。"

老 D 没有明说,不过能感觉到,春节不回家的原因之一是他心里念念不忘那个一百万的宏伟目标。

和老 D 分手时,我们对他说:"开车注意安全。"

忠于那个共同的目标
——《晚期四重奏（A Late Quartet）》观后感

2016年2月4日

一天，一个名为"赋格"的四重奏乐队不得不停下了排练。这个乐队的灵魂人物——大提琴手彼得在医院接受了健康检查。面对他的坦率，医生告诉他，他可能患上了早期的帕金森症。对于一个大提琴手来说，这无疑意味着他的音乐生涯即将终止。

当着全体成员的面，彼得宣布了这个消息，同时，他希望能由另外的人来替代自己的大提琴手的位置。于是，一场静悄悄的角逐开始了。

告别了彼得，罗伯特向其他成员表明了自己不愿意继续担任第二小提琴手，而希望担任第一小提琴手的想法，这个想法当场遭到了中提琴手，也是他的妻子朱丽叶特和第一小提琴手丹尼尔的反对。

为此，罗伯特和朱丽叶特产生了矛盾，这种矛盾后来因朱丽叶特目击了罗伯特和其他女性的非正常交往而升级为了家庭冲突。

彼得看中了另外一个乐队的大提琴手妮娜·李，但妮娜的老板直截了当地拒绝了彼得的提议。

也就在这个过程中，第一小提琴手丹尼尔和罗伯特的女儿亚历山德拉之间擦出了爱情的火花。亚历山德拉钦佩于丹尼尔对音乐及音乐家的深刻理解，而丹尼尔则为亚历山德拉的音乐天赋而倾心。当罗伯特知道了这些之后，狠狠地揍了丹尼尔。

所有的矛盾一起袭来，乐队面临关乎存亡的严重危机。

就在此时，彼得称自己的病情依靠药物得到了控制，可以继续排练。于是，四个人又走到了一起。

而当亚历山德拉得知乐队的情况后，也毅然决然地离开了丹尼尔。

演出如期举行，然而，演奏到一半时，彼得停了下来，当众宣布由妮娜·李替他继续演奏下去，罗伯特和妻子朱丽叶特紧紧地拥抱在了一起。

四人演奏的贝多芬《Op. 131 升 c 小调四重奏》在音乐厅里久久地回荡。

显然，乐队里的四个人各有特点。彼得是著名的资深音乐人,也是朱丽叶特的老师;从丹尼尔要求学生先阅读贝多芬传记就可以看出,丹尼尔擅长从音乐背后的故事去理解、创造音乐;朱丽叶特也是一位才华横溢的音乐家,正是因为这一点,当年罗伯特遇到她时才会穷追不舍,最终与她结成了夫妻;而罗伯特,给人的印象只是一个平庸的音乐匠人,热衷于四处演出,而缺乏其他三人的那种对音乐的执着。

在亚历山德拉的眼里,第一小提琴手的表演要依靠第二小提琴手的衬托,而在这个乐队当中,母亲朱丽叶特很好地将各方面融为了一体。这实际上是在说,乐队中的每个人各有优点,他们互相支撑,相得益彰。

影片通过这个故事,给出了一些关于人性的诠释。

(一)坦率和人格独立性

每个人都渴望得到尊敬,无论这种尊敬是基于金钱或者地位。在这一点上,罗伯特也不例外。罗伯特渴望成为第一小提琴手,尽管他的心胸算不上坦荡,他采取的手段不是先去说服彼得,也不是联合自己的妻子,而是当着大家的面公开坦率地说出来。尽管从剧情交代来看,丹尼尔比他更胜任这个角色。

在我们的文化看来,罗伯特的做法有些幼稚。但这不仅表现出了他的勇气和自信,也表现出了他人格的独立性。

我们有理由相信，独立让人自信，也让人更加坦率。

（二）忠于那个共同的目标

影片借亚历山德拉之口说明了每个人在乐队中的作用，同时也暗示了团队中最重要的角色其实是隐藏在背后的那个（些）人。这既是对英雄主义的一种深刻认识，也是对个人英雄主义崇尚者的一种警告。显然，一曲完美的贝多芬《Op. 131 升 c 小调四重奏》必须要四个人充满激情地合作才可以完成。

影片结尾那抑扬顿挫的《Op. 131 升 c 小调四重奏》告诉我们，尽管经历过激烈的冲突，人们都仍忠于那个共同的目标。

谁是幸运的一代？

2016年3月4日

我们年轻的时候，国内上映了一部电影，叫作《人到中年》。影片讲述了一个中年医生的生活境遇，让社会关注的目光一下子齐刷刷聚焦到了中年人身上。

记得那时候，我们刚刚参加工作，经常会听到中年同事们借由影片《人到中年》诉说自己从出生到当时那些不幸的经历，什么"上有老、下有小、负担重"啦，"收入低，没有房子住"啦，诸如此类。不能怪他们抱怨，那时候国家百废待兴，人们从政治狂热中回到现实世界，突然意识到了自己物质匮乏和经济窘迫的境况，不得不面对一个严酷的现实。在那些中年同事的眼里，我们这些青年人赶上了国运昌盛的时代，是幸运的一代。

谁知道，没过多久，同样的故事传到了我们这一代，当年意气风发、对未来信心满满的我们开始诉说了。谁说不是呢，在许多我们这代人的眼里，我们的后代才是幸运的一代。

前几天外出，听到一位 70 后的年轻人举出各种证据，痛述自己是如何不幸的一代。这着实让我感到惊讶，让人同情的故事又向下一代人传递了！尽管我没有亲耳听到，但是我猜，其他年代出生的人也许很快会学会类似的思考方法，最终，每一代人都认为自己是不幸的一代，这的确是一个耐人寻味的现象。

那么，谁才是幸运的一代呢？

探访那些精神家园

2016 年 3 月 10 日

（一）放慢生活节奏

我们这一代人是经历过从悠闲到忙碌的过程的，就在我们还感叹发达国家的人都那么忙忙碌碌的时候，不知从何时起，我们也开始变得忙碌起来。忙着走路，忙着吃饭，忙着说话，忙着熬夜，忙着开会。自从普及了手机，人们就更是忙得不亦乐乎。有时候想和那些著名的"大忙人"好好地说句话都难，在电话中通话时，自己的语句经常无法对上对方的节拍，弄得人心神不宁。

人们忙的另外一个标志，就是身边持有航空公司金卡、白金卡，甚至"终身白金卡"的人与日俱增，即使是我刚刚参加工作不久的学生，都很快成了航空公司的金卡会员。有位朋友的飞行里程，算起来相当于每周在北京和上海之间往返一次，而他恐怕还不算飞得最多的。记得一次乘机，空姐告诉我，那趟飞机上有一百多位金卡会员。人们之忙由此可见一斑。

忙，说明一个人重要，很忙，说明这个人很重要。忙，在不经意间就成了一种象征、一种荣耀。"你真忙啊！"成了一句令人愉快的赞美，"唉，没办法！"反倒透出一种自豪。

想起来自己有一段时间也差不多如此，经常不是在开会，就是在去开会的路上。外出开会，往往是下了飞机直奔酒店，在酒店开完会就直奔机场。说起来到过不少城市，但是，这些城市带给我的、留给我的却很少。

记得看到过一幅漫画，漫画里的人物对同行者说："你们先走吧，我的'自我'丢了，我要回去寻找'自我'。"忙了许久之后，这大概道出了许多人的感悟。于是乎，"享受慢生活"的说法愈加频繁地出现在耳畔。

我和许多人一样，正在努力放慢自己生活的节奏，好让出窍的灵魂回到自己的体内。做法之一，就是尽量在所到的城市多停留一些时间，多走走、多看看。

（二）探访精神家园

因为我还停留在当地，当地的同事、朋友总要陪同左右，也很自然地要问我一个问题："想去哪儿？"

对于拥有几千年历史和辽阔疆域的文明古国来说，"去哪儿"不应该是个问题。但是，这经常还真成了一个问题。

我最想去的地方，当然是能反映这座城市历史和文化的遗迹或者街道。

有很多次，当我说出我的想法后，对方都要费力地思索一阵，然后无可奈何地对我说："我们这里没有超过一百年的建筑。""我们这里的街道都是拆了后建的。""我们这里没有什么好看的。"即使是在一些省会城市，如此这般回答我的同事也不在少数。

"那就带我去看看博物馆吧。"

于是，参观博物馆就成了我在许多城市逗留期间的活动之一。参观博物馆，极大地丰富了我的知识、开拓了我的眼界，让我获益匪浅。例如，西夏那段历史，就是我在参观了宁夏的博物馆后才略有所知的。然而，在看了一些博物馆后，我也产生了一些困惑。

记得在东北某重要历史遗迹改造成的博物馆参观时，解说员每讲解完一个"史实"，都会用几句"老百姓说……"的话作为结尾。一段严肃、凝重的历史，顿时让人有了一种市井传说的感觉。

一些号称具有悠久历史的地方的博物馆，其馆内的陈列不是和当地的"悠久历史文化"毫无关系，就是缺乏那些能够证明和充分体现当地历史文化的历史文物及具有说服力的解说。

还有些博物馆，寥寥无几的展品（真品）披着厚厚的灰尘，给人一种敷衍、潦草的感觉。本来就没有多大面积的博物馆，工艺品商店的规模倒是令人印象深刻。

记得有人说过：博物馆是人类的精神家园。细细一想，这话不无道理。

"我们这里没有超过一百年的建筑。"人们脱口而出的话说明，被荒漠化的不仅仅是大自然。博物馆里看到的景象，不过是一个缩影。如果一个民族的历史文化变成了一片荒漠，那人们的精神将归于何处？

关于懈怠的思索

2016 年 4 月 16 日

懈怠，就像瘟疫一样四处蔓延。

为什么懈怠会如此普遍地存在呢？细细一想，发现原因很是复杂，或外在，或内部，或精神，或道德，或政治，或经济，等等，真是"剪不断，理还乱"。既然是三言两语说不清楚，索性胡言乱语一番。

在我看来，懈怠和一个人的精神状态有关。内心越是空虚，就越容易懈怠，而越是精神富足，越是敞开心灵大门的人，往往越是积极努力。在思想家开启人类的精神空间，让思想的光芒照射到人类的精神世界之前，人类也许无所谓懈怠。犹如在宇宙大爆炸之后才产生了空间和时间那样，人类的精神空间被打开，人类才有了积极努力，才有了与之对应的懈怠。

打开人的心灵空间，是防止懈怠的根本方法。

想象一下这样的场景：有一间房屋，一天，房屋的主人突然离去，再也没有回来，接下来房屋里会发生什么？

随着时间的推移，房屋内会积满灰尘，书架和桌椅都瘫倒在地，书架上的书籍、桌椅上的物品散落一地。

在这个过程中，房屋内的能量——这里主要是指生物能和物品的位能——从可用向不可用单方向转化，直至所有可用的能量全部耗尽。

这就是所谓的熵增原理。

有一本论述熵增原理的哲学类书籍甚至将熵增原理称为宇宙的终极理论。既然熵增原理有可能是宇宙的"终极理论"，那它就应该适用于人类社会。

在一个人的一生中，教育打开了他的精神空间，持续的教育使得他的精神空间不断扩大，并极大地提升了其中填充物的"位能"。若一个人不再接受教育，停止了学习，其精神空间就会像主人离去的房间一样开始熵增。

一个人的精神如果熵增到了极致，人虽然活着，但实际上已犹如一具行尸走肉。这的确是一个可怕的景象！

人类对世界的持续探索，不断扩展着人类的精神空间，防止人类进入懈怠状态。东方的先哲们更是构建了"仁、义、礼、智、信、忠、孝、廉、耻、勇"的思想框架，以撑起人们的精神世界。但是，仇视、傲慢、猜忌和偏见，总是试图关闭人们心灵的大门，它们会将人类社会最终引向死寂。

自从科学家提出了宇宙大爆炸理论之后，人们一直猜想，宇宙在天体之间万有引力的作用下是否将走向坍缩，这就好像我们抛向天空的苹果，总是要回到地面那样。然而，天文学家埃德温·哈勃（Edwin Hubble）发现，宇宙不是在坍缩，而是在加速膨胀。这就好比说，苹果被抛向空中之后，一点也没有要回到地面的意思，反而离我们越来越远。这一发现让人们惊讶不已。由此人们猜测，一定有一种我们尚不知晓的能量存在，并把这种尚未得到确认的能量称为暗能量（Dark Energy）。

看不见、摸不着的暗能量似乎给了我们一些启发，通过不断学习去发现、接受新的思想，难道不正是保证人类的精神世界不会坍缩的暗能量吗？

因此，通过终生学习持续拓展人们的精神空间，不断向其中注入新的能量，便能防止懈怠。

罪他主义

2016年5月8日

在"罪人"还是"罪他"当中纠结了很久,想了半天,还是觉得"罪他主义"这个叫法更好一些。

所谓罪他,就是将一切问题的责任都归咎于他人,罪他主义就是将问题都诿以他人的思想和做派。罪他主义还有狭义和广义之分,狭义的罪他主义是总将问题归罪于他人,而广义的罪他主义则包括那些不知自省、遇事就为自己开脱的行为。

罪他主义的表现有大有小,小到某个个人,大到一个国家。

经常会遇到这样的情形:某人工作中出现了失误,当被问起时,他不是反躬自问,从自己身上查找原因,而是将责任一股脑地归咎于他人或是外部因素。在国家层面，当政者把所有的不幸都归咎于罪恶的敌人或是天灾。这些皆是典型的罪他主义的表现。

在思考罪他主义产生的根源时，我想起了苏东坡与佛印禅师的故事。参禅的人最讲究明心见性，心中有什么，眼中就有什么。佛印看苏东坡像尊佛，说明他的心中有尊佛；而苏东坡说佛印像牛屎，他的心中有什么不言而喻。

罪他主义带来的一个社会成本，是它阻止了人们去自省和反思，割断了人心和世界的沟通和联系，让人的心灵成为荒漠。

孔子说："见贤思齐焉，见不贤而内自省也。"遵守这样的准则，人的心灵一定会不断得到净化。而罪他主义则是试图切断这种"思齐"和"内自省"，把别人的"不仁"，当成自己不义的理由，把"不贤"的人和事，当成"思齐"的对象。长此以往，人类道德的底线就会被"理直气壮"地突破。

让人们担心的，是罪他主义已经传播开来，成了那些地痞流氓的行为准则。在一些社会新闻里时常可以看到，当有人挺身而出制止损害他人或者公共利益的行为时，肇事者要么装傻，要么振振有词，更有甚者对制止者大打出手。这些都是罪他主义盛行所带来的恶果。

如果个人信奉罪他主义，这会阻碍他个人的进步；

如果一个集体信奉罪他主义，那这个集体就会落伍于时代；如果一个国家信奉罪他主义，最终必定会殃及全体国民。于人于己，罪他主义有百害而无一利。

我们从来没有被教育过靠捕风捉影，甚至是毫无根据地怀疑、指责他人是不道德的，从来没有被教育过在怪罪他人之前先问问自己的良心，从来没有被教育过事后发现自己错怪了别人是需要发自内心地道歉的。

为了避免罪他主义横行，每一个人都需要有自己的心灵，那个心灵里面装着一个真诚的、属于自己的良心和独立的自我。人们的心灵里难免会像苏东坡曾经那样堆积一些"牛屎"，这就需要经常打扫、净化自己的心灵，使它保持干净。当遇到问题时，先不要急着罪他，而是先问问自己的内心、先自省一下为好。

你为什么不写了？

2016年5月8日

前几天，遇到了一位久未谋面的朋友，一见面，这位朋友就问我："最近你怎么不写了？"

朋友的这句话显然是指我在一个好友群里，每隔一段时间会贴上一篇小文这件事。

人活着就要思考，把这些思考记录下来，就形成了小文。从很多年前起，我就有了记录自己思绪的习惯。一开始，并没有将它们示人的打算，直到遇到了一件事，让我有了加入其中讨论的冲动。于是，整理了自己的思考，提起"笔"来，用文字加入了那场讨论。

那是我记忆中第一次用完整的文字参与讨论，而不是三言两语地发表一下自己的观点了事。接连发了三篇小文之后，我的观点得到了许多人的认同，我收获了许多热烈的"掌声"。常理上讲,应该有不同意见,只是可能出于某种原因,那些持不同意见的人没有表达出来罢了。

那件让我参与讨论的事,便是柴静拍摄了《穹顶之下》。

我没有想到的是,我的文字竟然有那么多热心的读者。因为都是圈子里的熟人,经常会有见面的机会,每当见到这些朋友时,他们都会主动提起我在群里发表的小文。在我定期在群里发表小文的那段时间里,我收到了无数的认可和鼓励。虽然那大多都是些简短的评论,但对我来说,却是莫大的激励和鞭策。

坦白讲,在写下那些文字时,难免会有这样或那样的顾虑。虽然我有表达自己的冲动,但自己才疏学浅,而且面对的是文化水准很高又极具智慧的一群人。

还好,无论我如何笨拙、如何漏洞百出,这群人就像宽容地对待儿童天真但认真的表演那样,对我报以热烈的、鼓励的掌声,以至于让我越来越自信,当然,也有了不能辜负大家一片希望的想法。

"为什么不写了?"这无疑是一种对我的鼓励和鞭策。

我还会写下去,只要在时间允许的条件下。

用户最优还是系统最优？

2016年5月10日

很早就知道钱穆先生的大名,知道钱先生那部著名的《国史大纲》。没有能够仔细拜读整部著作,只是读过其序言部分。

钱穆先生那段写于76年前的文字,今天读来依旧鲜活。只可惜,钱先生的那些观点至今尚未被国人普遍了解。否则,就不会有那么多的"虚无主义"和"浅薄狂妄的进化观"每天都在上演,而这对于一个正昂首迈向现代化的国家来说,很难说是一个值得称道的现象。

真正捧读钱穆先生的著作还是最近。在机场候机时,从书店的书架上看到了钱穆先生的《中国历史精神》,便毫不迟疑地买了一本,在北京与南京之间来回的航路上,安安静静地拜读了起来。

让我印象深刻的，是钱先生对比中西文化时所表现出的思想。在钱先生的眼里，"西方人从个人直接接触到上帝，从个人直接接触到宇宙。""中国是个人、家庭、国家到世界一以贯之，是一个人类文化精神的发扬，人类道德精神的实践。"

不难发现，钱先生讲中西文化的不同时，对比的核心乃是西方的"个人主义"和中国的"整体主义"，而钱先生认为中国的"整体主义"更优于西方的"个人主义"。同时，从书中还能看到，中西的分歧并非出现在那些恼人的"主义"产生之后，而是从历史文化起源时就开始了。

这让我想到了交通科学领域中著名的 Wardrop 均衡原理。其中，Wardrop 第一原理说的是用户均衡或者用户最优——每个人出行时间最短，而第二原理说的是系统最优——路网内全体时间之和最小。对照起来看，崇尚个人主义的西方算得上是"用户最优"，而从个人到世界一以贯之的中国则对应"系统最优"。

哪一个更优？还没有最终的答案。

重读《师说》

2016年9月10日

上大学时,第一次读到韩愈的《师说》,对文中的那些名句如"闻道有先后,术业有专攻"留下了深刻的印象。

不经意间,自己也成了"师",至少在职业上是为人师了。尽管自己还算努力,但是否真正做到"传道授业解惑"了,实在不敢自满。

今天正值第三十二个教师节,碰巧又看到了《师说》。重读《师说》,和当年做学生时有完全不同的感受。

今天看来,《师说》并非单单是讲教师这个职业和传统的师徒关系,而是讲人生应该怎样对待学习、终生学习及广义的"师"。

文章一开头,便从人生的高度论说了应如何解惑,虽然它并未提到为何要解惑（也就是人生的意义这件事）。昌黎先生提出了一个很超越的姿态——"无贵无贱，无长无少，道之所存，师之所存也。"

接着，昌黎先生以古之圣人为例，对当时的学风及社会现象给予了无情批判，最后，留下了"故弟子不必不如师，师不必贤于弟子，闻道有先后，术业有专攻"的名句。

纵观全文，能感受到与孔子的"三人行必有我师"和不耻下问精神的一脉相承。

时间来到清代，如文中所述的"师道之不传也久矣"等多种因素叠加，中国在许多方面远远落后于西方了。

面对这种被动局面，怎么办？

众说纷纭，莫衷一是。其中，"师夷长技以制夷"（出自魏源的《海国图志》）成了一种被普遍接受的观点。"师夷"主要是指学习西方各国在军事技术上的一套长处，与完全闭关锁国相比，这已经算得上是很大的进步了。

"法乎其上，得乎其中。"仅仅"师夷长技"，能够"以制夷"吗？

写给醒着和可以叫醒的人

2016年9月15日

前些天,无意间参加了一场讨论,其影响程度实在超出我的想象。随着讨论深入,大家的智慧启发了我,使我获益匪浅。

我一直担心自己写的小文是否能被读懂。因为,那些小文有需要一步步逻辑推理、比较晦涩的地方。其实,与其说写这些小文是给他人看,不如说是在检验自己。

小文一推出,就招来了无数的质疑,其中有些是经过深思熟虑的,有些则原本可以从我的小文中轻易找到答案。还好,大多数回复都对我的观点表示了认同,说明大部分人读懂了我写的小文。这让我感到些许欣慰。

我深信,没有哪一篇文章会得到所有人的理解,其原因就包括一些人为理解这篇文章所做的准备还不足,比方说我就很难读懂一些西方哲学著作。况且，也没有哪一个观点会得到所有人的认同。

此外，西方人讲"You cannot wake a person who is pretending to be asleep."（永远叫不醒装睡的人。）装睡的理由有很多，只要感觉"睡"着更舒服，就让他继续"睡"吧，为什么一定要叫醒人家呢?

所以，文章永远是写给醒着和可以叫醒的人看的。

拥有一个大国公民的正常心态

2016 年 10 月 5 日

我一直困惑不解的是,为什么每当和外国人打交道的时候,总有一些人显得那么悲悲戚戚?

我们不是在七十多年前成功地抗击了外敌的入侵吗?新中国不是已经成立了六十多年了吗?我们不是一直是战胜国的大国公民吗?我们不是在现代化建设的道路上高歌猛进了三十多年,一举成了当今世界上数一数二的经济大国了吗?

我们不得不思索这样的问题:一个大国公民的正常心态应该是什么样的?同时,我们应该提出疑问:强烈的对抗意识是否能引领中国成为世界强国,是否能引领中华民族成为受世人尊敬的民族?

远的不说,如果不是我们于 2001 年毅然决然地加入 WTO，信守并利用 WTO 的规则，我们国家的经济能有今天吗?

我看里约奥运会上的女子 4×100 米接力事件

2016 年 10 月 5 日

这几天,网上流传了一个视频,说的是一对夫妻带着一个孩子乘坐火车,站务员发现小孩不符合免票条件,要求家长按规定购票。这位父亲勃然大怒,从身后猛踢了站务员一脚。最后,事情以这位父亲被罚款五百元告终。

记得前不久参加一个博士生的答辩,这位学生在学习期间发表了几篇颇有见地的论文,很多观点挑战了当今的学术权威。这些足以证明该学生在科学研究方面有着不俗的天分,也十分勤奋。不过,学生在答辩时反复强调某位学术权威对他研究的打压。最后,在场的专家一致建议他应该从学术争论的角度去看待批评,而不应把它视为一种打压。还好,这位学生最终虚心接受了教授们的建议。

　　这两件事情表明,有时一个人要客观地看待自身的问题是十分困难的,尤其是在关系到自己的切身利益时。

　　人们可以冷静地看待第一件事,很大程度上是因为人们和这对夫妻没有任何关系,但如果这对夫妻是我们的亲人的话,我们的看法很可能就会发生变化。事实上,人们对问题的看法常会被看问题的视角和利益所左右。

　　日前,在巴西里约举行的奥运会上,在女子4×100米接力预赛时,美国队出现了失误而没有成绩,美国队认为她们的失误是由于邻队的干扰所致,于是便向组织者提出了申诉。组织者在确认了事实之后,接受了美国队的申诉,判决让其单独再跑一次。这样的裁决在奥运史上是第一次,也引起了舆论一片哗然。不幸的是,美国队的这单独一跑,将预赛正好处于第八名的中国队挤出了决赛。消息传来,引爆了国内舆论。

　　要客观地看清楚这件事,我们就必须先去掉偏见。放下偏见,最简单的办法就是换位思考。

　　不妨假设被影响而没有成绩的是我们中国队。这时,我们应该如何应对?

　　假如国际田联裁决的结果是让中国队单独跑一次的话,我们会作何选择?

　　我不认为美国这个国家控制了世界上的一切,我也不认为这个世界上所有的人都对美国言听计从。如果真是那样的话,就一定不会有一个公平的竞赛,就一定会有包括中国在内的很多国家离开奥林匹克运动。我更不认为美国已经编制好了应对一切变化的阴谋(包括体育和学术方面),而且这些阴谋统统都是针对中国。

无论是中国队还是美国队,无论最终的成绩如何,我认为提出申述的做法都是正确的。因为,那是竞赛规则赋予人们的权利。

无论如何,美国队是在为自己争取公平竞赛的机会,她们保护自己、主张自己权利的意识值得我们学习,运动员们最终在赛场上的表现也值得我们为之喝彩。而这个判例也为后面的公平竞争作出了示范。

让我们把眼光放得再长远一点,说不定哪一天,包括中国队在内的另外某一支参赛队会成为援引这次判例的受益者。到了那个时候,我们是应该感激今天的美国队,还是诅咒她们呢?当然,如果下次那个相同遭遇的队伍没有得到相同的裁决结果,那时候我们再对国际田联口诛笔伐也为时不晚。

英语里经常说"祝你好运!"这句话包含了有时要承认自己运气不佳的意思。不仅仅是体育比赛,人在一生中的许多时候会遇到不顺。这不是人们没有努力,不是人们没有能力,也不是规则和执行规则的人出了问题,只是因为运气不佳,仅此而已。在竞技体育中,"祝你好运"本身也体现了体育精神,一种很单纯的体育精神。

我热爱体育,从中学起就是学校田径队、篮球队和排球队的队员,当然也业余踢过足球。这种热爱一直延续到了读大学和参加工作。在这期间,我参加过无数的比赛,遇到过各种各样的情况,而我的信念始终都是:坦然地面对运气的不佳,做最好的自己,让对手和裁判都无话可说。不知道这算不算是体育精神。

让体育回归到体育,用竞技体育的精神和思维看待体育,或许才是我们应有的视角和心态吧。

最后,我们必须明白,没有哪个伟大的运动员是抱怨出来的,更没有哪个伟大的民族是抱怨出来的。与其躺在地上哭天抢地,满地寻找所谓的阴谋,不如赶快起身,拍拍身上的尘土继续追赶。因为,那才是体育精神的体现,才是伟大的体现。

精神的支点

2016年10月13日

中国有句歇后语：孔夫子搬家——净是书（输），用来形容那些萎靡不振的人和事。陕西话里也有一句类似的歇后语：贼娃子打官司——场场输。这两句歇后语用来形容今天的男国足恐怕是再合适不过了。男国足主帅宣布辞职，然后二话不说就退席了。

男国足怎么了？由男国足延展到当下很多领域的很多事情，一言难尽。

前几天带学生到生产一线实习，亲身接触了生产领域，学到了许多东西。

我们有不少堪称世界级的工程项目，但是当你走近细部的时候，就会发现很多问题。许多保证工程质量的操作规程和规范，到了生产一线，会因为人的问题无法得到彻底的落实。当我问起为何不严格要求时,工程管理人员苦笑道:"说多了对方会反感抵触的。"

工人为了赶进度,甚至不顾健康和生命安全。我们有世界一流的施工装备,但是在劳动组织上,我们不得不用世界上最原始的方法。能感觉到,在一些工人那里,除了眼前的物质利益之外,他们什么也看不到。

我经常去一个洗车行洗车,那里擦车的小伙计换了一拨又一拨,可是他们的劳动态度和效果并没有越来越好。不禁想问,全世界的人都是如此吗?

翻开日本前首相吉田茂的著作《激荡的百年史》可以发现,在明治维新时期,大量西方文化进入日本,也有人担忧西方文化会破坏日本的传统道德,但日本人始终保持着从中国学来的儒家文化传统,当然也坚守着后来他们自己孕育成熟的武士精神。

这些传统文化和西方文明相结合,帮助日本在明治维新时期打败了俄国,并在甲午战争中击溃了清朝的北洋水师。至今,我们依然可以在体育比赛、技术创新和经济竞争中看到日本人身上那种顽强的精神。

我们中国人一定还记得杨靖宇和张自忠两位抗日将领。我们还应该知道两位将军战死疆场后发生的事情。

杨靖宇将军遇难后,日方的报道中是这样描述的:"是杨啊,于是所有的讨伐队员都发出了男儿之泣。"

所谓"男儿之泣",就是连日本的讨伐队员也认为杨将军是一个真正的男子汉、大丈夫,所以都为他的死而哭泣。

伪蒙江县警察、伪官吏接到命令后,找到县城最有名望的蔡木匠和贾木匠,一夜之间雕刻好了杨靖宇的头颅,并用榆木做了一个八尺长、一尺多宽的碑,请县里写毛笔字最好的李咸阳老先生执笔,正面大字楷书"杨靖宇之墓",背面署名"岸古隆一郎",边款小字为"康德七年三月五日立"。伪街公所准备了上等寿材,又请来一位日本僧人。这一切准备工作就绪后,伪通化省警务厅长岸古隆一郎3月5日亲自出场,在蒙江县保安村北门外的山岗上搭建起祭祀灵棚,为杨靖宇主祭安葬。安葬仪式按日本习俗,在木碑前横拉着两头细中间粗的草绳,上面挂着白色的纸条,焚香供酒,日本僧人礼拜念经。(引自网络)

再说张自忠将军身后的故事。

张自忠将军阵亡殉国后,日军军曹堂野从他随身携带的手提箱中,翻出了"第1号伤员证章",藤冈也从将军的胸兜中掏出一支派克金笔,上面刻着"张自忠"

三个字。日军大为震惊,不禁倒退几步,"啪"地立正,恭恭敬敬向遗体行了军礼。然后靠上前来,端详起仰卧在面前的这个身穿将军戎装、佩戴中将领章的血迹斑斑的大个子。随即,前线日军向上级二三一联队长横山武彦大佐报告。横山下令将张自忠的遗体用担架抬到战场以北十余公里的陈家集日军第三十九师团部,请师团参谋长、与张自忠有过数面之交的专田盛寿核验。至时天色已黑。专田盛寿手举蜡烛,目不转睛地久久注视着张自忠的面颊,突然悲戚地说道:"没有错,确实是张自忠!"

在场者一齐发出庆祝胜利的欢呼声,接下来则是一阵鸦雀无声的肃穆。师团长村上启作命令军医用酒精把张自忠的遗体仔细擦洗干净,用绷带裹好,然后列队脱帽向遗体敬军礼,并命人从附近的魏华山木匠铺赶制一口棺材,将遗体庄重收殓入棺,葬于陈家祠堂后面的土坡上。(引自网络)

从历史中,我们分明能看到杨靖宇将军和张自忠将军所表现出来的中华民族的精神受到了日本人的敬仰,并被吸收成了日本人精神的一部分。同时,我们也看到了日本人的精神世界中存在着某种超越的东西,超越了国界、民族、敌我意识。试想一下,如果日本人的精神支点是狭隘的民族主义的话，他们会如何对待杨靖宇将军和张自忠将军呢？

看看男国足、洗车行的伙计，还有那些不顾健康和安全的工人，我们能说什么呢？

有人说，四十年可以教育一代人。从 1985 年 5 月 27 日《中共中央关于教育体制改革的决定》发布算起，我们的义务教育制度已经实行了三十年，而我们的基层劳动者的文化和精神状况却依旧是这样，实在令人担忧。

一个民族需不需要精神？民族精神的支点应该在哪里？

工夫在诗外

2016 年 10 月 25 日

这一次男国足又输了。和每一次不同，这一次输得那么无可奈何，那么悄无声息。好像国人已经习以为常，已经无力叹息，"让我说你什么好呢？"仿佛成了可以说出的全部。

就事论事，我们还是应该承认男国足的球员们非常努力，他们何尝不想赢？何尝不想像中国女排那样"争一口气"？只是我们和他们都应该明白，当人缺乏某种东西时，就少了某种重要的力量，使得他们好像儿童一样。如果比赛变成了儿童和成年人对垒，那么要求儿童战胜成年人是不现实的。

面对这样的困局，我们还是应该学会接受体育比赛中失败的结果，学会去理解和激励比赛失利的球员，帮助他们认识自己,使他们尽快成长起来。理解和激励,不是无所谓他们失败,而是让他们不要失去斗志、信心和勇气。"天助自助",人只有永远保持着一种精神,"天"才会帮助他,才会有希望,才会有胜利的那一天。事实上,鼓励他们,也是鼓励我们自己。

不过,话又说回来,怎么才能胜利?这个永恒的命题还是摆在我们面前。

我想起了诗人陆游晚年写给他儿子的一句话——工夫在诗外。这句看似平淡无奇的话,包含着深刻的道理。"工夫在诗外",简单地说,无非是强调人要超越,要有积淀,超越眼前的急功近利,积淀取得胜利的能力和方法。

要说"诗外"有些什么的话,首先要数精神了。这里既有百折不挠的体育精神,也包括精益求精的治学精神。庆幸的是,从中国女排身上、从"神州十一号"上,我们可以看到国人并不缺乏这种精神,只不过不是所有人都认识到了它的重要性,都具有这样的精神罢了。

另外一方面,当下很多人经常想着用钱来解决问题,期待着用钱"砸"出一个所向披靡的国足,"砸"出若干个诺奖得主。事情果真如此简单吗?

钱"砸"不出那种顶天立地的精神,很多时候反倒会起到相反作用。无数事例证明，对于某些没有文化的人来说，钱多了，反而更容易使他丢掉原本就少得可怜的良知，反而会害了他自己。

我们的男国足，甚至科学界、产业界的某些项目，也存在类似的问题。

关于这一点，或许那些职业慈善家给予受困者金钱之外的帮助的做法值得我们借鉴。据说，比尔·盖茨援助非洲贫困地区的做法就是向他们提供鸡苗和帮助他们学会养鸡。因为，鸡的生长周期短，养鸡不仅能为人们提供更多的蛋白质，还能迅速增加人们的财富。更重要的是，当地人可以通过自己的努力来学习文化、技术，从而获得未来。

试想一下，难道陆游不希望自己的儿子超越自己，让儿子成为像自己一样成功的诗人吗？如果陆游真的有独门绝技，他会不肯传授给自己的儿子吗？"工夫在诗外"彻底否定了那种功利的、机械的人才制造模式，告诫我们在虚心学习前人经验的基础上，还要在"诗外"多下功夫。

"工夫在诗外"，这是前人的智慧，是中国人的智慧，我们都不应该忘记。

最后，让我们一起再欣赏一遍陆游的《卜算子·咏梅》吧。

驿外断桥边，寂寞开无主。已是黄昏独自愁，更著风和雨。

无意苦争春，一任群芳妒。零落成泥碾作尘，只有香如故。

透过那一碗面汤

2016年10月28日

"小伙子,能给我来一碗面汤吗?"我对饭馆的小伙计说。

小伙子看了我一眼,迟疑了一下之后,还是答应了下来。

不一会儿,小伙转身回来时,手里端着一碗热气腾腾的面汤。

"谢谢!"我回报了小伙子的服务。

"不用谢。"小伙子礼貌地回答我。

为什么他刚才要犹豫一下呢?小伙子刚才的表情,引起了我的注意。

是我提出的要求过分了吗?我首先想到了这个问题。从这家饭店的情况来看,面汤就在大厅里,究竟应该是自助取汤，还是由店员提供服务，不是十分明确。按照惯例，我的请求并不过分，店家如果让我自己去取，似乎也在情理之中。

那小伙为何迟疑了一下又答应了呢？我暗自觉得这和他打量了我一下有关。大概，他不想拒绝这位看起来还算过得去的客人的请求。当然，真正的答案只有小伙自己清楚。

小伙的迟疑，也有另外一种可能——拒绝，那又意味着什么呢？

这让我想到了社会上的欺客现象。为什么人们常会在接受服务时遇到欺客现象？"破窗效应"或许能够解释这样的现象。詹姆士·威尔逊（James Q. Wilson）和乔治·凯林（George L. Kelling）从打破的窗户会引起更多人继续破坏它的现象，发现了环境中的不良现象如果被放任存在，会诱使人们仿效，甚至变本加厉的破窗效应理论（Broken Windows Theory）。

那么，如果"破窗"不是在墙上，而是挂在人们的脸上会如何？我猜"破窗效应"依旧会发挥效力，它的表现就是人们不断被漠视、被歧视、被欺负。

一位深谙东西方文化的朋友给我讲过这样一个故事：某代表团在出国访问前接受外事纪律教育时，他特别提醒大家，在国外敬酒的时候，一定要挺直腰板，不要弓腰驼背。

　　我想，这位朋友的提醒是对的。因为，他已经清晰地刻画出了那时候这些人的模样。最初打破人们身上那扇"窗户"的，是他们生长过程中接触到的环境和文化。这带来的问题是，不仅环境和文化打破了那些"窗户"，周围也没有人能修复那些"破窗"，而背负着"破窗"的人则往往对此浑然不觉，在那样的文化背景下养成的弓腰驼背、点头哈腰的习惯就会被无意识地带到各地去。

　　所以，当某人无端被别人欺负时，很可能是因为他尊严的"窗户"早已被人打破，并且没有得到及时的修补。当某些特定的人群屡屡遭人歧视时，首先应该检查的，是他们的文化背景。因为那种自卑很可能早已深深地印刻在他的脸上和肢体语言上了。

　　那么，如何才能让人们身上的"窗户"不被打破？如何才能及时修复破损的"窗户"呢？

　　随便举一个例子。1995年，一位七十九岁的美国老太太在一家麦当劳门店购买食物后，被热咖啡烫伤。为此，她向法院提出了诉讼，法院最终判决麦当劳赔偿老人两百七十万美元。从此，麦当劳的咖啡杯子上有了盖子，盖子上甚至有了盲文的提醒。不仅如此，其他商家的热咖啡杯子上也都有了盖子。老太太身上的"破窗"被及时修复了，社会上可能继续加到老太太身上的"破窗"也被及时修复了。

毫无疑问，创造一个公平、光明的社会，尊重每一位公民的权利，给每一个公民尊严，帮助他们树立起做人的自信和对生活的信心，让他们既不自卑，也不傲慢，是防止公民身上的"窗户"被打破的前提。不断提升的社会道德水平和健全的法制体系，则是及时修复人们身上的那些"破窗"的必要条件。这样，人们才会看到一个强大、自信、从容自若的民族。

一碗热气腾腾的面汤在我的面前散发着诱人的香气，喝下一口，温暖传遍了全身。

爱锅乎？碍锅乎？

2016年11月21日

老锅生了一对双胞胎儿子，很是高兴，给老大取名"爱锅"，给老二取名"碍锅"。

由于两个儿子长得太像，穿的衣服也一模一样，人们根本分不清谁是爱锅，谁是碍锅。于是，人们就问老锅，他们究竟谁是爱锅，谁是碍锅？

老锅想了想回答道：

"我要是直接指给你看，你还是会分不清的。

"我现在告诉你区分他们的方法。

"这两个孩子都挺孝顺我的。不过，别看他们是亲兄弟，他们之间的区别可大了。老大爱锅严于律己、宽以待人，热情大方，关爱和尊重他人，不太多说话；老二碍锅则冷漠自私，贪婪傲慢，喜欢猜忌和挑剔，还喜欢喋喋不休地吹捧自己、埋怨别人。究竟谁是爱锅，谁是碍锅，下次你们遇到就知道了。"

散记

2016 年 11 月 24 日

（一）暂时的暴风雪

要回北京时，听说北京要大风降温，还有大雪，心中不免担忧起来。就盼着早点到家，别因为大雪被耽搁在了路上。还好，航班按时起飞，按时降落，一切顺利地按时到了家。

打开手机一看，原来是全国普降雨雪。对于深受雾霾所扰的人们来说，大风和雨雪意味着将要迎来朗朗晴空。明白了这一点，谁还会在乎这暂时的暴风雪呢？

（二）思考的力量

晚宴时，一位同事过来敬酒，几句客套话后，这位同事说："今天开会的时候很困，那个时候真想离开。

可是一想到关老师讲过的'服从',就坚持了下来。"

这或许就是思考的力量吧。

(三)享受的航程

飞机在近万米的高空中飞行,身边的两个年轻人已经进入了梦乡,四周恢复了宁静。翻开随身携带的书读了起来。这是一段很享受的航程。

尊重与宽容

2016 年 11 月 24 日

一位大学时代的同学不久前去了加拿大定居。方便的时候,他经常会回国看看。多年不见,未免小酌一杯。席间,同学讲起了一些在加拿大的生活经历。

(一) 看病

同学去医院看病,医生要求他根据自己的感觉从一到十描述疼痛的程度,同学立刻意识到这意味着什么。如果把病情说得轻了,就不能立即住进医院。在那里,经常是病人的病都痊愈了,还没有约上医生。于是,同学就说了"八",医生立即重视起来,安排马上住院,并及时给他注射了吗啡止痛。后来,护士频繁地来病房巡视,并询问病人疼痛的程度。如果病人说仍然感到疼痛,护士又会继续注射吗啡。

看到如此情形,同学再也不敢喊痛了。

同学的父亲在加拿大期间突患急病,不得不去看医生。医生从未提过钱的事情,只是关注老人的病情,并根据病情让老人住进了重症监护病房。

对于没有当地医疗保险的人来说,这意味着需要花一大笔钱。

然而,医院在了解了老人在中国的收入情况后安慰老人:"不要担心,我们会想办法减免治疗费用。"完全没有询问老人子女的经济状况等其他情况。

当然,作为老人的家属,同学也没有想赖账,就在老人出院前准备结算费用时,院方只说还没有算清楚,就让人先出院了。直到老人回国前,院方的回答还是"还没有算清楚"。后来,院方再也没有提起过医疗费的事情。

(二)银行信用卡

同学女儿的信用卡在中国被盗刷了。发现后,她立即联系了加拿大的银行。银行停卡后,便将一份长长的账单邮寄了给同学的女儿,让其自己标记出哪些不是来自她自己的消费,而是属于盗刷的记录,然后再将这个标记后的账单寄回银行。很快,银行方面没有任何其他手续,将那些被标明盗刷的钱如数退回到了卡主人的账上。

（三）退货

在加拿大办理退货非常简单，完全不需要理由。

有一次，同学买了一个割草机，也不知道是他自己不会用，还是那个割草机真的不好用，反正费了九牛二虎之力才把草割完。第二天，同学带着这个用过的割草机去退货，尽管有了明显的使用痕迹，店家依然二话没说就同意了退货。

在加拿大，经常有人拿着穿了几天的衣服去退货。只要没有摘掉标签，只要没有污损，都可以无障碍退货。因此，人们往往先把一大堆衣服"买"回家，若不满意，过几天再拿去退货。记得类似的情节在某个电影中也看到过，不那么富有的女主人公穿了一件很漂亮的、看上去价格不菲的衣服，男主人公从其衣领处扯掉了标签。对此，女主人公尴尬地笑了一下。

当评价这些事情时，同学称之为信任。

在我看来，这其中还体现着尊重和宽容。在上面这些事例里，人们尊重对方说出的每一句话、每一种表达，至于是否相信和信任则是另外的事情。

或许人们未必是那么彼此信任，但即使不那么信任，也可以有尊重，即使不那么尊重，也可以有宽容。

尊重，让人更加高尚；宽容，让社会更加和谐。

权利的总和是一个常数

2016 年 12 月 6 日

在一个社会里,权利的总和是一个常数,一些人的权利大了,就意味着另外一些人权利的减小甚至消失。

每个人都有权利,无论你是否意识到了。在非暴力或者压迫的条件下,你不放弃自己的权利,其他人是不能剥夺走的。权利的集中必然出现权利的转移,必然出现权利的侵害。

很多时候,人们并不能真正认识自己的权利,有些时候,则把它当作一种利益(或误认为是一种礼节)拱手让渡给他人。当然,这种让渡的动机在多数情况下都是很值得怀疑的。

个人权利让渡的同时,会伴随人格和个人价值的丢失,使得个人无论在人格还是价值方面,都从属于被让渡的那个"人"。权利一旦让渡出去,就很难再收回来,因此,不得不说权利的出让是一件极其危险的事情。

　　有学者认为,在中国的传统文化(主要是儒家文化)中,人的权利、自由是和他的"位"相适应的。这样的文化劝导人们接受、承认和自己所处的"位"相对应的自由,主动交出那些超出"位"的权利。但长此以往,权利不断被转移和集中,造成了社会阶层的分化,甚至导致了国家一次又一次地被"撕裂"。

　　通过出让自己的权利谋求一个"靠山",从中获得一劳永逸的"好处"是不少人的梦想,而这样的梦想付诸实践的结果是一次次把社会带入不归之路。要想有一个持久稳定的社会,就需要创造出一个人们无须让渡自己的权利和人格,也照样能有尊严、有自信地生存的社会制度。

　　权利的总和是一个常数,如果有人获得了更多的权利,必是因为其他人的权利被剥夺了。

老 W 养鸟

2016 年 12 月 9 日

老 W 退休后，闲来无事，便买了一只小鸟来养。老 W 养鸟很上心，可谓是精益求精。小鸟饿了，就喂它最爱吃的虫子，小鸟渴了，就给它喝最好的水，冬天怕小鸟冷了，夏天怕小鸟热了。日复一日，小鸟渐渐长大了。

老 W 心想，我如此厚待你，你一定很感激我吧？

有一天，老 W 打开了鸟笼的门。小鸟一看到门开了，拍拍翅膀，便头也不回地飞走了。

老 W 望着空空如也的鸟笼发呆，他怎么也想不明白，小鸟怎么说走就走了呢？

他哪里知道，对于小鸟来说，追求自由是它的天性，和自由相比，那些"好吃好喝"根本算不了什么，更何况小鸟说不定还有"鸿鹄之志"呢。

我愿意

2016年12月24日

虽然，
我不是一个基督徒，
我愿意看到圣诞树上的铃铛，
愿意看到慈祥的圣诞老人，
给孩子们带去快乐和梦想。

虽然，
我不是一个基督徒，
我愿意把人们淳朴的祝福分享，
哪怕是一句陌生的问候，
我愿意视它为曲水流觞。

虽然,
我不是一个基督徒,
我愿意为我的朋友们祝福歌唱,
哪怕它就像冬日里的一根小火柴,
哪怕它仅是寒夜里闪烁的星光。

虽然,
这不是我的节日,
但如同我们收到春节的祝福,
向他人送上一句"圣诞快乐!"
又何妨。

路上的守望
Watch on the Road

第四篇

百年承诺

一座铁桥带着一个百年承诺留在了兰州,留在了中国。

2016 年桂林印象

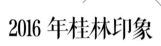

2016 年 1 月 23 日

（一）P 爷爷

P 爷爷这个名字是我给他起的。其实，我不知道他真正姓什么、叫什么，不知道他是哪里人，也不知道他多大了，我只是在飞机上遇到他的。

我叫他 P 爷爷是有原因的。P 爷爷一上飞机就脱去了外面的大衣，露出了一件深蓝色毛衣，毛衣左胸前绣着一个白色的英文字母"P"，于是我想，索性就叫他 P 爷爷吧。

和 P 爷爷同行的还有两个人，从他们彼此之间的称谓可知，P 爷爷和那个女人分别是一个一直哭闹不停的小女孩的爷爷和奶奶。

P 爷爷个头不高，相比之下，头就显得不成比例的大。

P爷爷的那双眼睛略显浑浊、憔悴、无神，眉宇之间有着浓浓的杀气。虽然看上去有些老态，但我总感觉他的实际年龄未必超过六十岁，甚至不会比我更大。

从飞机起飞后，P爷爷就不安地站起来、坐下、走上前去，和小女孩的奶奶说话，也和那个小女孩说话。而那个小女孩从一开始就不停地哭闹。

"本架飞机将在三十分钟后降落，请收起小桌板，调直座椅靠背，……"广播里传来了提示的声音。

紧接着，空乘人员进行了例行安全检查。

我合上手中的书本，准备等待飞机降落。然而，我抬头一看，只见前方女人和小孩上方的行李舱门大开。不知道是谁在安全检查之后又打开了行李舱门，而且忘记了关上。

我立即按动了头顶上方的呼叫铃。两位空姐分别从前、后方走向我，前方的空姐发现了开启的行李舱门，立即将其关闭，而后方的那位空姐则问我需要什么帮助。我示意空姐，按铃就是因为那个敞开的行李舱门，知道没有什么其他的事情后，两位空姐相继离去。

飞机继续下降，P爷爷却站起身来，向飞机的前方走去。走到刚才开启的行李舱门下，对着女人说了几句什么后，然后抱起小女孩走向自己的座位处站定，嘴里还在说着什么，应该是在哄那个哭闹的小女孩。

紧接着，他一会儿将小女孩放在座位上，一会儿将小女孩抱起，又走到女人那里，将孩子交还给她，全然不顾飞机正在持续下降。当然，更不用说保持系好安全带了。

看得出 P 爷爷很爱那个小女孩，只是这一连串的举动，在我看来，简直是达到了愚蠢的地步。然而，空姐没有上前提醒他、制止他，也不知道是什么原因。

低矮的云层，让飞机的下降过程显得很漫长，P 爷爷的举动给这个漫长的过程更增添了几分令人焦虑的气氛。

还好，他犹如抱着孩子走钢索式的"表演"终于结束，回到了座位上坐定。我猜，很多人都和我一样，轻轻地松了一口气。

飞机刚刚穿过厚厚的云层，跑道就在飞机的脚底下了，机身轻轻一震，机翼上的减速板发出了巨大的轰鸣声。

桂林才下过小雨，跑道上有一层薄薄的雨水。当我走出机舱门的一瞬间，雨后湿润和清凉的空气扑面而来，让人不禁深深呼吸一口，顿时感到一阵神清气爽，对于从北方而来好久未见雨雪的人来说，找到了那种"小雨润如酥"的感觉，清新的空气涤荡了那股压在心头的浊气。

（二）设定"关门时间"

向小李打听了一下去龙胜的路，小李稍微沉吟了一下："得要三个小时。"

"那我们中午饭尽量简单，1:30出发。"小李似乎并没有想好出发的时刻，我看了一下手表，就帮他规定了一个"关门时间"。

生活中常常如此，不是每一个细节都有人想好，不是每个人都有思考细节的习惯，尤其是在情景稍微复杂一点的情况下。这个时候，一个人的一个小小的具体的提案，就会让决策变得简单许多。此时此地，我就充当了这个角色。

有了"关门时间"，事情就简单了许多，午餐也就省却了许多繁文缛节。

简化了吃饭内容，节省了吃饭时间，观赏沿途风景的时间自然就充盈了许多，龙胜之行也因此美了许多。

去兰州的路有点长
——2016年兰州印象之一

2016年2月28日

（一）特别的兰州

我去兰州的故事总有些特别。

第一次去兰州是在1999年，那是我留学回国后第一次参加国内的学术会议。那时候，可以选择的交通工具只有火车。在那次学术会议上，我认识了许多人，都是当时国内同领域的精英，他们今天也都成了国内交通领域的大佬。就是在那次学术会议上，许多人也知道了我，原因是我总在台下举手提问，这在当时是很少见的。

最近一次去兰州大约是在2003年，那一次是从银川去的兰州，交通工具是汽车，由银川的交警同事驱车把我们送到兰州。就是那趟兰州之行，我被他们聘为兰州城市的专家。

此后，有一次机会去兰州，出发的日期是 2012 年 7 月 21 日。已经买好了经由西安去兰州的机票，已经抵达了首都机场，却不巧赶上了那场可被载入京城史册的大暴雨。那一天，前序航班因为大雨被取消，大雨就这样"冲垮"了我去兰州的路。

流产的兰州之行，也让我有了一个属于自己的"7·21 特大暴雨"的故事。

（二）特别的兰州？

飞机降落在一个名字听上去有些像日语名字的机场——中川机场，记忆中的中川机场距离市区非常远，沿途一片荒凉。

我们的汽车出了机场后，驶入了一片城市新区，当地人称之为"新城"。眼前的景象令人瞠目结舌：一条主路双向十车道、辅路双向四车道，共计十四车道外加三个绿化隔离带的道路赫然眼前。稀稀拉拉的车辆在限速六十公里/小时的道路上慢慢悠悠地行驶，每到一个路口都必然遇到红灯。道路的"大气磅礴"和有限的车流量、车速毫不协调。唯一感到欣慰的是，所有车辆都严格遵守着道路限速要求。

道路两旁到处都是建筑工地。或许是冬季的关系，建筑工地上看不到工作的景象，一处几近完工的住宅小区的高楼矗立在那里，显得格外醒目。

夕阳的余晖下、寒风中，马路显得空空荡荡，建筑物显得萧萧瑟瑟。

穿过"新城"，我们的汽车驶入了一条通往市区的高速公路。

"这是一条新建的快速路。"同事道。

"快速路"和刚才看到的新城类似，处处彰显着建设者的大手笔。或许在他们眼里，唯有如此，才能最大限度地缩短中川机场到市区那七十多公里的距离吧。

华灯初上，汽车驶入了无法辨明东西、没什么记忆的市区。夜晚的兰州，让人无从发现它独特的样貌。

百年承诺

——2016年兰州印象之二

2016年3月4日

这是一个真实的故事。

清光绪三十三年（1907年），几个洋人来到了兰州，并带来了一批运输了两年的钢铁建材。千里迢迢，它们先从德国运到天津，然后再运到兰州。原来，当时的清政府花了白银三十万六千余两，请洋人帮忙在黄河上架设一座铁桥（图一）。

据说，这是历史上黄河上第一座真正意义的桥梁，因而被誉为"天下黄河第一桥"。于是，在中国的内陆腹地，母亲河之上有了一座标志性构造物——兰州黄河铁桥。

从大桥建成至今，已将近一百一十年。这座铁桥经历了风雨沧桑，见证了滔滔黄河的潮起潮落，望尽了巍巍白塔山上的云长云消。

下面讲的是一个未经证实的故事。

据说，1989年，铁桥保固期满后，德国有关方面曾致函兰州市政府，在询问铁桥状况的同时，申明"合同到期"。

上面这段传闻说明：第一，铁桥有"保固期"；第二，当年的承建单位记得这个"保固期"；第三，承建单位在忠实地履行着建桥时的"约定"。

我无从考证"德国有关方面"是谁？"致函"的原件现在何方？内容如何？

我愿意像一个儿童相信圣诞老人真实存在那样，相信这个传说的真实性，相信它告诉了我一个美丽的百年承诺。

从1907年到1989年，八十多年的岁月过去。我很怀疑，我方是否还有人记得"德国有关方面"应该对这座大桥质保负责。然而，铁桥的承建者却还清楚地记得这座铁桥，还记得"在询问铁桥状况的同时，申明合同到期"。

我们不能忘记的是，这期间德国经历了第一次世界大战、第二次世界大战和后来的冷战，德国还是那两次世界大战的战败国。多舛的命运没有删除德国人对这座远在天边的大桥的记忆，没有抹去他们的百年承诺。

当我凝视这座铁桥时,忽然感觉到了一股力量,它跨越了一百多年从莱茵河到黄河的时空,支撑着铁桥横跨黄河两岸,撑起了一个民族对一个民族的敬佩和信任。那个未经证实的故事似乎告诉了人们,是什么东西让德国成了德国,以及怎样才能赢得世人的尊敬。

时过境迁,建造铁桥的人走了,给铁桥命名"中山桥"的人也走了,一座铁桥带着一个百年承诺留在了兰州,留在了中国。

图一　兰州铁桥及纪念碑

那一瞬间的西域

2016 年 5 月 20 日

飞机快要降落的时候,我才看清了脚下的山川和大地。

北京已经进入了初夏时节,而这里的大地才刚刚泛绿。虽说是泛绿,那些绿色稀稀拉拉,极不均匀地分布在山上,土地显得有些贫瘠。

天空的光线还有些灰暗,凉丝丝的空气中夹杂着些许土腥气,好像是沙尘暴的余威还没有散去。

忙完正事,吃完午饭,我就提出要去机场。当地的同事问清我们的航班时刻后,连声说:"还早,还早!"

的确时间还早,但是,我深知"客走主人安"的道理,怎么能让大家就这样再陪我几个小时?我还是执意要离去。

挥手告别了大家后,我便对开车送我们的小沈询问起西宁有哪些好的去处,小沈随口说出了"塔尔寺"等一串地名。根据小沈的回答,稍微判断了一下时间,决定就去附近的南山公园一游,以便从容地打发掉这段还算富余的时间。

小沈开车载着我们穿过市区的街道,然后七弯八拐就把汽车开上了山。道路两旁的山坡上正在施工,花盆里栽种了小树苗,这样做既可以防止山坡的滑塌,也绿化了山体,看上去他们试图用这种方法代替以往的护坡土木工程。

走进公园大门,是一片开阔的广场,穿过广场就是一道峭壁,峭壁下面是城市的一隅。显然,公园位于一道山脊之上。小沈告诉我说,这里是整个城市的制高点,从这里可以俯瞰整个西宁市。

凭栏望去,密密麻麻的建筑物填满了山下的川道,一条河流从我们脚下流过(图一)。虽说是黄土的山脉,悬崖却也是陡峭壁立,城市仿佛依偎在"万仞山"旁。

西宁市坐落在两面山中间的川道里,我们登上的这座叫南山,对面的则被当地人称为北山。南北方向还有一条廊道,从地图上看,犹如一个十字,这里的人们就在这样自然的夹缝中兴建起这座城市。

继续拾级而上,是一处看起来簇新的、也很是雄伟壮观的中式建筑群，高大的牌坊后面（图二），坐落着一些楼阁，它们看上去都器宇轩昂。建筑物的顶部呈钟形，轮廓曲线如同飞流急速落下（图三），而牌坊的飞檐则如同公鸡的头高高地昂起，飞檐下的斗拱层层叠叠、不厌繁复。整个建筑群好像是刚刚修葺过。无论是建筑的形式还是颜色，这些建筑都比我见到过的类似建筑要夸张许多。

建筑群的大门紧闭，人们只能透过大门和围墙向内张望。当看到里面立着一块碑石，上面写着"圣人墓地谢绝参观"的字样时，我才恍然大悟。

沿着围墙外的道路继续前行，一座现代化的建筑物赫然眼前。这个以玻璃和膜作为主要建筑和装饰材料的现代化厅堂矗立在南山的最高点，建筑前面的石块上写着"凤凰台"三个红色大字（图四）。

这强烈的对比让我不禁去想，西宁是需要一些如此这般的现代化元素点缀，还是更需要有西域风格的元素烘托呢？或许是我的观念太过陈旧，我实在难以接受这样的建筑物在荒郊野趣的南山岭上和那些传统式样的建筑毗邻而居。

站在观景台，一股冷峻的山风迎面吹来，立即透过我薄薄的外衣、内衣，钻进了我的肌肤。呼啸低沉的风声，让我仿佛听到了夜空里随风飘来的胡笳和呜咽而歌的羌笛。这,就是那股急匆匆赶去玉门关的春风吗?

　　山坡上的树和草,在劲风中飞舞,放眼望去,目光尽头的山巅之处,分明还披着冬日才有的白纱,苍凉耸立。天空因浓密的乌云而显得低沉,也因随风翻滚的乌云有些诡谲,脚下的悬崖越发陡峻起来。

　　倏地,一个沉睡在我心中的西域走了出来,它载着我,乘着风,飘去、飘去。

图一　山脚下的小河

图二　圣人墓地大门

图三　圣人墓地内景

图四　凤凰台石刻背面的说明文字

序
——2016年怀旧之旅之一

2016年6月28日

就好像从前的人，提起笔又放下，提起笔又放下，如此反反复复。这个"序"总在我的心里翻腾。

究竟该写些什么呢？

是写在札幌大通中央公园品尝札幌拉面（图一）？还是写步行街上盛装演出的北海道警察管弦乐团（图二）？

是写商店里热情搭讪的店员？还是写在京都给我拿出韩文版京都地图，让我哭笑不得的旅游服务站的工作人员？

是写风雨飘摇、波涛涌动的小樽大海（图三）？还是写绿树悠悠的京都东山（图四）？

是写华灯璀璨的神户滨海乐园（图五）？还是写人流如织的京都三年坡（图六）、二年坡和清水寺？

都想写，又都来不及写。

此刻，我最想写的还是那些在此次怀旧之旅中如约而至和不期而遇的人。

想写为此次成行而提供方便的西井先生,他为我们及时提供了办理签证的各种书面材料,为我们提前索要了一张中文版的小樽地图,详细对我们说明小樽旅游的最佳路线,提醒我们乘坐"阪神"电车从神户去京都的时候要在"十三"这一站换乘。

我还想起了我的学生李昂博士夫妇。正是因为有了他们的热情帮助,我们才得以利用日本大使馆的特别加急程序,在出发前一天得以拿到了赴日本的签证。

我还记起了峻屹兄和安藤兄,他们的盛情款待,让我们忘记了远在他乡的落寞,也让我们躲过了札幌的暴风骤雨。记得当年我还在日本工作期间,峻屹兄就在交通行为研究方面多有建树,他在交通行为研究会场上和日本学者激辩的场景让我至今记忆犹新。

我还不能忘记神户的叶增光兄和他的妻子赵萍,为了我们的来访,赵萍专门请假陪同我们,使我们节省了许多时间。他们宽敞明亮的海景房,让我们在疲惫当中,得以一边沐浴晚霞中凉爽的清风,一边眺望着明石海峡大桥发呆。

在京都,我意外遇到了近藤先生、久违的川崎教授、宇野教授、系统科学研究所的浅井先生、中川君和其他熟人。短暂的相逢,大家热情有加。

记得就在我第一次访日回国前夕（1989 年），川崎教授专程陪同我游历了日本三景之一的京都天桥立。记得当时，一路上，他对我讲了许多的故事。宇野教授更是在我攻读博士学位期间，给了我巨大的帮助。

正是这些相会，让我们的行程丰富多彩，让我们有了更多美好的回忆。期待着在北京"具鸡黍"，和大家一起"把酒话桑麻"。

图一　札幌拉面节会场

图二　札幌交警街头音乐会

图三　列车上眺望小樽大海

图四　东山上眺京都

图五　神户美利坚公园夜景

图六　京都的三年坡

初夏的札幌
——2016年怀旧之旅之二

2016年7月12日

人到了一定年龄，便会开始恋旧，喜欢老物件，喜欢"常思既往"。每当故地重游，或者遇到故旧，怀旧的情愫就会奔涌而出。

说来真是奇妙，无论一个人的青春岁月是何样，到了人生的后半场，剩下的往往都是人一生中最美好时光的记忆。就像春天的土地一样，在这段时间里，人会在不经意间悄然播下无数怀旧的种子，时间一到，就会发出一株嫩芽，散发出酸酸的、甜甜的味道。

想想那些曾经兵戎相见又握手言和的老兵，那些为青春呻吟又特意在故地相聚的知青，怀旧就像一个雕刻大师，用时间的刻刀，尽量去除掉人们记忆中那些伤痛的地方，而留下一串串的、美好的回忆。

我曾经在日本学习、工作六年之久。六年的时间不算很长,但它占据了我人生中重要的一段时间。六年里,学习和工作之余,我去过从北海道到冲绳的许多地方,接触过许多日本人。这些经历,给了我一个又一个机会,让我不深不浅地认识了一个不同国度、不同文化,也让我有了一个认识自我的机会。

2016 年,又有一个造访日本的机会,这次访问行程中的一些地方,自从 1999 年回国后,我再也未曾踏上它半步。

旧地重游,注定了此次日本之行是一次怀旧之旅。

(一)"无法投递"的快件

日子一天天过去了,远远超过特快专递抵达所需要的时间,来自日本的办理签证手续的材料还没有寄到。按说,日本老师一旦承诺了的事情,就不会轻易爽约的。不过,如果再收不到日本方面发送来的办理签证的材料,就赶不上赴日日期了,这让人未免着急。于是,我就给当初答应提供邀请信的西井老师写了一封电子邮件说明情况。

西井老师立即有了回复,说就在答应我们的第二天,已经通过邮局将材料用快递寄出了,并且,他们查询后的信息显示,邮件目前已经到了北京。回信中,西井老师还向我提供了邮件的查询号码。

让助手立即电话询问。果然，邮件已经到达北京多日，只是没有送达而已。而没有及时送达的理由竟然是"没有提供电话号码，无法投递。"

实在令人匪夷所思！不知道从什么时候起，寄送"特快专递"有了这样的前置条件。也不知道这标志着时代在进步，还是服务在倒退。

其实，想做好一件事，一个理由足矣，不想做一件事，又何患无辞？

拿到材料后，立即呈送有关部门，得到的答复是，时间已经非常紧张了。终于，在我的学生及多方面的帮助下，通过日本驻华大使馆及国内有关部门的多个加急程序，我们终于在启程的前一天拿到了赴日的签证。

在预计的日子，我们带着疲惫的身心登上了预订的航班，飞往目的地——札幌，开始了一段怀旧之旅。

（二）"白色恋人"的故乡

飞机起飞后两个多小时，广播里便传来了即将在札幌千岁机场降落的消息。这段昔日天堑般的旅途，在今天看来，已经变得稀松平常了。

飞机平稳地降落在千岁机场（图一），我又一次踏上了北海道的土地，屈指算来，上一次已经是十七年前的事情了。

十七年前，和家人、朋友一起驾车，从本州一路驰骋，乘轮渡跨越津轻海峡到达北海道，在北海道的大地上留下了我们一串足迹，也给我留下了许多美好的记忆。十七年过去了，函馆璀璨的夜景、札幌宽敞的大通公园、小樽怀旧的运河和仓库、富良野漫山遍野的薰衣草、网走阴森恐怖的监狱、知床半岛浓雾后面的熊迹、洞爷湖烟雾缭绕的温泉……北海道的许多景物依旧在我的记忆当中。

由于其独特的地理位置，在人们的印象中，北海道是雪的故乡，而雪装的银色世界，又很容易引发人们对纯洁和美好的无限遐想。此外，还是由于同样的原因，她又给人们留下了地处偏远、人迹罕至及自然美丽的印象。或许正是因为如此，北海道成了那些具有此类背景的故事影片的理想拍摄地。对国人来说，耳熟能详的《幸福的黄手帕》《远山的呼唤》《铁道员》等影片，都是以北海道为舞台。前不久热映的国产影片《非诚勿扰》更是让北海道在中国家喻户晓，还引发了一股北海道的旅游热潮。在西方，雪国演绎出了"圣诞老人"和"白雪公主"的故事。那么，在北海道又会怎样呢？

到过日本的人应该都知道，在日本的免税店里可以买到一款名为"白色恋人"的点心，它的名字听上去是那么的浪漫、美好，再加上它的价格及品质，因而成为无数日本访客的"伴手礼"。不过，也许很多人不知道，北海道、札幌才是"白色恋人"的故乡。尽管当年我离开日本时，"白色恋人"对于到访日本的中国游客来说还不像今天这么有名。

和国内的机场相比，千岁机场显得很安静。我们抵达的傍晚时分，机场里没有川流不息的人群、嘈杂的声音及遍布机场各个角落的店铺。一个汉语流利的小姑娘，熟练地引导着准备入境的中国乘客排队或者填写报关单。

很快，我们便办理好了入关手续，直接前往紧密衔接的火车站，登上了前往札幌市区的火车。

出发时北京的气温已经超过了30℃，而眼前札幌的最高气温还在20℃上下，很是宜人。

或许是周末的关系，通往札幌市区的列车上，车厢里连过道都站满了人。人们要么在打盹，要么在静静地注视着手机或者在阅读书籍，除了火车在铁轨上行驶发出的有节奏的声音和广播里的声音，车厢里一片安静。广播里不时传来驾驶员的播报声，有站名的播报，有"前方道路车厢会有些晃动，请坐稳扶好"之类的提醒，也有客气地请求乘客将手机调至静音及注意打电话时不要妨碍他人的话，听起来感觉很是贴心（图二）。

夕阳下，我静静地眺望着车窗外，脑海里不时浮现那些以北海道为背景的电影中的画面,暴风雪中的列车、起伏的丘陵、灿烂的阳光,还有那随风飞舞的手帕。从北海道开发到现在的一百二十多年里,昔日狼嚎熊啸的蛮荒之地,变成了繁华的城市。

就在我对着窗外的森林思绪飞扬时,列车缓缓地停了下来。人们和我一样,不安地向车窗外张望起来,试图找到火车停下来的原因。紧接着,广播里传来播音员的声音:"前方火车停车,原因不明,请耐心等候。"自然也少不了说许多致歉的话。不一会儿,火车又继续行驶起来,从播音员的广播得知,我们的火车延误了十五分钟。

太阳快要落山时,我们抵达了白色恋人的故乡——札幌。

就在此时,天空飘起了小雨。不知道天是为了怀旧而伤感,还是为见到了我们喜极而泣。

图一　千岁机场即景

图二　车厢内提示乘客接听电话注意公共道德

（三）学术会议上的"插队"

我们开会的会场就在北海道大学校园里。

北海道大学（被日本人简称为"北大"）是日本一所著名的大学，在日本刚刚有大学时，就曾经是七所帝国大学之一，这有点类似我国早年的八大院校的感觉。"北大"曾经以农牧专业而闻名日本，为日本培养了大批的人才。据说，日本农林水产省的许多官员都毕业于该校，在这一点上，"北大"就像国内的行业特色大学。北海道大学就坐落在札幌市中心，从札幌火车站步行也就是十分钟的距离（图三）。

雨后初晴，周末的校园里除了偶尔可以听到此起彼伏的鸟鸣之外，显得格外宁静。道路旁边，粗大的树木宣示着校园的年龄，树荫背后的木质建筑，看上去颇有些俄罗斯风格，透着一种古朴的质感。

一块巨石上，镌刻着"大志を抱いて"几个大字，意思是"胸怀大志"（图四）。这应该是源自那位对北海道大学来说十分重要的克拉克博士的一句名言——少年よ、大志を抱け。（注：W. S. 克拉克博士曾为美国马萨诸塞农科大学的校长，也曾为北海道大学的前身——札幌农学校的副校长。）

再往前走不远，就可以找到"北大"的工学部，我们的会场就设在那里。

在日本学习和工作时，每一年都要参加规划研究学会，当然也要做学术报告。记得最后一次参加是2000年，说起来是十六年前的事情了。

此次参加会议，由于错过了投稿时间，事先并未准备做学术报告。但是，也就在出发前一天，西井老师在给我的邮件中提议：既然好不容易来一趟，就做一个学术报告。当然，由于没有事先注册，这属于插队的行为，需要视现场的具体情况而定了。

既然对方是出于好意，我就完全没有理由推辞。于是，就准备以我们一个较为成熟的旅游交通案例为内容，在会议上做一个交流。

一到会场，发现气氛有些异样。一打听才知道，原来是昨晚由于东京成田机场一架飞机失火，造成了航班大面积取消，从而影响了许多准备前来参会人员的行程。这样，甚至导致了许多会场主持人不得不临时替换，预定的演讲不得不撤销，会议议程不得不临时调整，这也就给了我一个"插队"演讲的机会。

好久没有讲日语了，刚一站上讲台，显然有些生涩。还好，随着演讲进行，语言状态逐渐恢复了正常，演讲和回答提问都很好地控制在了规定时间内完成（图五）。

就这样，我又重温了一次久违的规划研究会旧梦。

图三　北海道大学校门

图四　胸怀大志石刻

图五　重返日本学术讲台

寻访那座雕像
——2016 年怀日之旅之三

2016 年 8 月 1 日

（一）小樽雨

中午，西井先生设宴款待我们一行三人。午餐后，告别西井老师，几乎没有任何耽搁，就登上了驶往小樽的列车，抵达小樽时，已经是下午三点多钟。

小樽，生来就是一个让人怀旧的地方。

樽，本就以它流畅的曲线、沁入了的美酒的芳香及那木质樽身的沧桑感给人以美感。在汉语里，凡是前面加上"小"字的，更是融入了人们的爱昵之意，小树、小草、小桥、小舟、小樽……不一而足。悠悠运河、苍苍青瓦、玻璃工坊的熊熊火焰，以及清脆叮咚的八音盒堂等，一幅幅浓郁的历史风情画卷，就是昔日的小樽之旅给我留下的印象。

天空越来越阴沉，略带凉意的劲风中夹杂着雨滴，小樽的街道上显得有些冷清。凭借着记忆和对旅游景点的本能的嗅觉，一路朝着小樽最值得一去的运河和仓库走去。

除了个别地方之外，对小樽的沿街店铺大多没有什么特别的记忆了。只是感觉小樽又新了许多，街道也显得宽敞了一些。

记忆中的那条运河（图一）还在，仓库还在，那些售卖玻璃制品的商店还在，琳琅满目的八音盒商店还在。和从前相比，运河里多了一艘艘游船，街道上多了许多来回穿梭的人力车，商店里的商品更加丰富，而来这些商店游玩的那个人已经两鬓染霜了。

就在我坐在商店外的长椅上等待同伴的时候，两辆人力车在我对面不远的街道上停了下来。"车夫"都很年轻，其中一个小伙子的年龄应该不会超过二十岁。他们身着统一的黑色服装，皮肤就像拉美人那样黝黑（图二）。停下人力车后，他们从车后搬出为客人垫脚的小板凳，搀扶着客人下车，然后又满脸堆笑地说着什么，最后，还从车上找出一个记录板，就像日本的出租车驾驶员那样，在上面做了记录。

这些，和我在世界上其他地方看到的情况多有不同。

记忆，就像一块巨大的磁石，一路把我引向那个坐落在路口的、门口有一个可以由蒸汽"吹奏"音乐的八音盒商店（图三）。这里，曾经是我前两次小樽之行的终点，今天，也恰在我们抵达这里时，门前的大钟"吹"响了商店下班的钟声。

回去的路上，天空的雨点一阵紧似一阵，如果不是穿着抓绒衣服，我肯定会感觉到寒冷。这时候，最好是坐在温暖的房间内，手持一杯香气四溢的咖啡，透过玻璃眺望远处波涛汹涌的大海，或者静静地坐在飞驰的火车窗前，任凭雨滴把玻璃刻画成它自己喜欢的模样。

图一　小樽运河

图二　小樽的人力车工作人员

图三　八音盒商店

小樽之行，在我记忆的浓酒中兑入了一点新酒，从而使得记忆有了许多新的味道。

（二）寻访那座雕像

年轻的时候，总是对自己的记忆充满了信心，对书本的记忆，甚至可以精确到页、段落、行和文字的具体位置。随着时间推移，发现自己开始经常张冠李戴了。

记得上一次造访札幌时，在大通街心公园见到过一座美国人的雕像，上面还记载着他对北海道开发所作出的贡献，读来令人肃然起敬。这个美国人的名字，我记得是叫"克拉克"，我甚至多次对人们讲起这个"克拉克"的故事。

这一次到了札幌，到了大通街心公园，我就四处寻找那座雕像，想再次阅读那段让我记忆深刻的故事。

一直走到了电视塔脚下，也没有能够找到那座记忆中的雕像。于是，就向一位正在打扫卫生准备开店的女士打听"克拉克博士"雕像的所在。女士想了一下，告诉我大通街心公园里没有"克拉克博士"的雕像，只有在北海道大学或者另外一处叫作山茶丘的地方才有（图四）。

至少有一点她没有说错，我们的确在北海道大学里看到了"克拉克博士"的雕像。而这时的我突然意识到，我可能是走错了方向。

对她道谢之后，我便沿着大通街心公园，向相反的方向走去。果然，在公园的尽头（西端）发现了两座雕像，我就径直向着那座外国人模样的雕像走去。

雕像下面写着"ホーレス・ケプロン之像"。我后来查了一下，ホーレス・ケプロン的英文原名应该是 Horace Capron，我把他译作"霍莱斯·卡普隆"。雕像的背面记载着他的事迹，大意是：

霍莱斯·卡普隆是美国人，明治四年（1871年）应日本政府之邀，辞去了美国农务长官（我猜相当于农业部长）的要职，担任了北海道开拓教师团长官兼顾问，参加了北海道的开发大业，……

是他，就是他了（图五）！

我把霍莱斯·卡普隆错记成了克拉克。

记得当年读到这段文字时，着实让我感动。想想看，在1871年，北海道还是一片地广人稀、狼熊出没的蛮荒之地。一个身居要职的美国人毅然放弃官职，来到这样一个陌生国度的穷乡僻壤参加开发建设，需要何等的胸怀和勇气！

日本人没有忘记这位不辞辛劳、远渡重洋，为北海道开发建设事业作出过贡献的人，用这座雕像永远铭记他的"勋业"，也用那段简短的文字，永远激励后人。

仰望着霍莱斯·卡普隆的雕像，我想起了很多把最先进的技术带到中国的外国人，他们把科学和技术带到中国，在中国办教育、办医疗，把文明的种子播撒在中国这片古老的大地上。改革开放之后，更是有大批的外国人进入中国，帮助中国发展建设。直到今天，还有一些外国人在中国西部义务植树造林、捐助中国的医疗和教育。一个有良心的人，当永远铭记他人的哪怕是滴水之恩。霍莱斯·卡普隆的雕像让我看到一种超越，期待着中国的土地上也有越来越多的纪念那种纯粹精神的雕像，期待着无数怀有如此超越精神的中国人的雕像矗立在世界的各个角落。

图四 问路

图五 卡普隆塑像

风雨移情阁

——2016 年怀旧之旅之四

2016 年 8 月 1 日

（一）风雨移情阁、风雨明石海峡大桥

天空下雨了，疏一阵、密一阵。

就在这样的风雨中，我们来到了明石大桥的脚下，来到了移情阁身边。

1988 年，我第一次造访移情阁时，这里还没有这座明石海峡大桥。那时候，移情阁矗立海边，在风雨中久久地凝望着明石海峡。

移情阁？它究竟是怎样的一个去处？

有关资料显示，移情阁是一处和孙中山先生有关的遗迹。移情阁原本属于生活在神户的华侨吴锦堂先生。据说，当年孙中山先生在日本从事革命活动时，神户的侨界和经济界人士曾经在这里宴请到访的孙中山先生。

孙中山先生来访两年后，即 1915 年，吴锦堂为纪念他六十岁生日及隐退实业界，建了一座三层的楼阁，为了寄托他的思乡之情，取名为"移情阁"。今天，移情阁成了日本唯一一处纪念孙中山先生的公共设施（图一）。

1994 年 3 月，因为要修建明石海峡大桥，移情阁被整体拆卸，大桥完工后，于 2000 年 4 月在原址西南角两百米处按原样复建。为此，共耗资约十四亿日元之巨，差不多相当于今天的一亿元人民币。

时间不巧，我们抵达这里时恰逢周末休假，因而未得入内。面对着整旧如旧的移情阁，我们默默肃立，内心凭吊着孙中山先生那风云激荡的人生岁月。

如果说移情阁是著名的人文遗迹的话，那么它旁边的明石海峡大桥则算得上人类工程史上的一个奇迹了（图二）。

这座目前世界上最长的吊桥于 1988 年 5 月动工，1998 年 3 月竣工，全长 3911 米，主桥跨度 1991 米，创造了多个世界第一：世界第一的跨度、世界第一的钢筋抗拉强度（钢丝抗拉强度达到了 1800 兆帕）。

特别值得一提的是，就在大桥如火如荼建设的时候，1995 年日本时间 1 月 17 日 5:45，日本神户发生了里氏 7.3 级地震。地震造成了约 6500 人死亡，无数房屋被夷为平地。震中位于明石海峡大桥南端，距神户几公里，距桥址才四公里。所幸建设中的大桥仅有微小损坏，两端塔基础之间的距离因此增加了八十厘米,桥塔顶倾斜了十厘米。因此,主跨比原来设计增加了近八十厘米,从而接近于1991米,主缆垂度因此减少了一百三十厘米。

风雨中,大桥一会儿被掩蔽在浓雾之后,一会儿又露出其婀娜的身影,犹如一位娇羞的少女。

站在岸边,遥想当年。没有这座大桥的时候,同学骑着摩托车载着我,乘坐轮渡跨过明石海峡,驰骋在对岸淡路岛的田间小路上。那天的淡路岛很是荒凉、寒冷。后来,我们来到了同学的朋友——一个真正的日本农民家里,偌大的房间显得更为冰冷。一转眼二十多年过去了,昔日的天堑,因为眼前的这座大桥变成了通途。

对岸的那个淡路岛,如今却被锁在了云雾之中。

图一　移情阁

图二　明石海峡大桥

(二) 从"黑船来航"到走向未来

这一天,我们走了很远。从神户的三宫,步行走到了神户美利坚公园(Meriken Park)和旁边的临海乐园

（Harbor Land）。

在美利坚公园，我看到了熟悉的神户塔、渔网雕塑及那座游船般的酒店，我也看到了一些不熟悉的、总是试图和那些著名景物联系到一起的高大建筑物。这些建筑物粗暴地闯进照相机的取景框，以至于我很难找到一个表现那些地标性纪念物的干净的画面。

在海边，我看到了一个我并不熟悉的雕塑。雕塑是一个男人、一个女人和一个小孩，大人并肩前行，走在前面的孩子扬起小手，指向大海和远方（图三）。雕塑下面写着"希望之船土"，我没能理解这几个字的意思，不过我猜，这个"船土"或许意味的是新一代"船工"的破土而出。

在我看来，三个人寓意家庭，小孩寓意希望。三人的姿态安稳、从容，寓意和谐、安康地走向未来。

仰望雕塑，我想起了一百多年前的"黑船事件"（即1853年，美国以炮舰威逼日本打开国门的事件）。那时候，日本还是一个封闭、蒙昧的国度，旧势力为了确保自己的利益，制造出各种耸听的危言，试图关闭对外开放的大门，许多日本的仁人志士为了日本的民主化进程付出了生命的代价。一百二十多年过去了，日本从被枪炮逼迫开放港口到主动走向大海，日本的国民也从每天担心地震和海啸到希望孩子们要着眼未来、走向未来。

尽管日本曾经错误地试图走帝国主义的道路，日本还是从一个愚昧、落后的国家，发展成了世界现代化强国之一，而且，她还让人们总能感觉到她内在的那种持续发展的力量。

人类最美好的心态是生活在未来，最安逸的心态是生活在当下，最糟糕的心态是每一天都生活在过去和历史里，最可怕的是少年也生活在既往当中。梁启超先生在《少年中国说》中就指出："惟思既往也，故生留恋心；惟思将来也，故生希望心。惟留恋也，故保守；惟希望也，故进取。惟保守也，故永旧；惟进取也，故日新。"

夕阳的余晖中，雕塑成了一个剪影，在我心里，那个剪影在不疾不徐地一路前行。

图三　未来船工塑像

重返京都大学
——2016年怀日之旅之五

2016年8月1日

我真是万万没有想到,经过了三十五年的漫长岁月,我又回到这个离开祖国几万里的小城来了。

我坐在从汉堡到哥廷根的火车上,我简直不敢相信这是事实。难道是一个梦吗?我频频问着自己。这当然是非常可笑的,这毕竟就是事实。

这是季羡林先生在《重返哥廷根》中的开篇文字。历史经常无情地捉弄人,两个阴差阳错,竟让季羡林先生和德国哥廷根产生了戏剧般的关系。命运的捉弄,使得季先生在离开哥廷根三十五年后,才得以再一次重返哥廷根。尽管老人在文章中没有提及,但是,"梦里寻他千百度""误几回,梦里识哥州"的事情恐怕在所难免。

和季老相比，我是何等的幸运！

京都，是我留学的地方。在那里，我前后待了四年多时间。那些青春深深地印刻在了我的记忆当中，京都，留下了我深深的足迹。也就在我离开京都到山梨大学工作后不久，京都大学重新规划了校园，我留学时的学科整体搬到了距离大阪不远的"桂"校区，原来的校舍分配给了其他学科使用。这样，我原先的那些老师都搬去了新校区，曾经学习生活过的地方已经物是人非了。

回国任职前，曾经到京都大学拜访过导师一次。后来的2006年，虽然有一个机会抵达京都，但那次时间很短，再加上原来的熟人都没有在京都这边，也就没有造访我当年留学和生活的地方。策划此次行程时，刻意把京都大学列入其中，计划到昔日的校园、教室、宿舍去看看。

午餐后，我们谢绝了西井先生要开车送我们的好意，登上了前往京都大学的公共汽车。

"下一站，京都大学正门前。"广播里传来了报站声。就是这里了。阔别了十七年的京都大学就在眼前了。

京都大学（现在应当称作京都大学吉田校区）的正门，开在一条通往吉田神社的甬道旁，大门朝南，斜对面是京都大学的教育学部（现在作何用途不得而知），甬道的尽头是吉田神社。

京都大学的大门，依旧保留着原来的样子，用今天的眼光来看，它很不起眼，显得有些局促，甚至不如国内一些小学、中学的大门气派。不知道的人很难想象，这里和日本的东京大学比肩，是日本最著名的大学之一，日本早期的诺奖得主大多是出自京大校门（图一）。

一走进大门，京都大学的门庭和她后面的那棵郁郁葱葱的大树就映入眼帘，大树的背后，则是京大的标志性建筑——钟表台（图二）。除了路面有所变化之外，一切都是那熟悉的模样。

沿着熟悉的路线向从前的研究室走去，想起了右边那座建筑曾经是京大工学部的办公楼，办公楼的地下，则应该是当年的食堂——生协。

沿着熟悉的台阶走下去，食堂依旧是食堂，只是内部的格局、装修都有了很大变化，完全不是当年记忆中的模样（图三）。

食堂的入口处，树立着几个电子信息屏，不停地提供食堂菜肴的信息。每一种菜肴依旧用红、黄、绿颜色及其指数显示着各种营养成分的含量。

出了食堂，再继续前行不久，就来到了从前的土木楼前。从前，京大的土木楼分为旧馆和新馆。旧馆是一栋红砖楼，古朴庄重，那里应该是京都大学最早的馆舍之一；新馆是我们昔日的实验室所在，当时感觉算得上简朴又不失现代。两栋建筑物都原样矗立在那里,只是其内部改变了格局和用途。

旧馆和新馆中间,原来就有一个小花园,有池塘,有草木,甚至还有一座小桥。绕过土木楼旧馆,发现那个小花园的一切都还在,保留着原来的模样。池塘里甚至有一尾体形硕大的鲤鱼,它的身边还有一只乌龟,看到我们到来,它们纷纷游向我们(图四)。

记得当年实验室的窗前有几棵大树,每当休息时分,我便坐在实验室的沙发上,透过玻璃窗,眺望它们。今天,他们依旧枝繁叶茂,挺立在那里。

土木新馆紧贴着学校的围墙和一条马路——今出川通,紧邻一个大门(图五)。低矮的围墙上装着不高的护栏,就算是大学的屏障了。当年,每到晚上或者节假日,大门就会上锁,为了图方便,我们经常翻越那些低矮的围墙进进出出,和我们年龄相仿的日本老师也不例外。每当此时,我们都会哈哈大笑,算是一种自我调侃了。

大门、围墙都是当年的模样(图六)。我发现有一处围墙不知是因为失修还是因为废弃,不见了踪影。由此我猜测,大门已经不像当年那样经常上锁了。

十七年的时间,足以成长起一代人。岁月的沧桑,都刻写在了那栋红砖的土木旧馆和简朴的钢筋混凝土新馆的外墙上。

图一 京都大学校门

图二 京都大学门庭

图三 从前的"生协"食堂

图四 从前的土木馆前的池塘

图五 从前紧邻土木馆的大门

图六 从前的土木馆后面的围墙

东方的哲学小路

——2016 年怀日之旅之六

2016 年 6 月 1 日

出去京大,沿着今出川通大街,一路上坡,在今出川通和北白川通的交叉点的桥头,便是京都"哲学小路"的起点(图一)。

"哲学小路"从这里开始,一路顺着水、沿着山,几经蜿蜒、几经曲折,向着山脚的幽静之处延伸而去。在京大留学时,应秋山老师的邀请沿着小路一起去散步时,才知道这条小路,当时听说这条哲学小路是仿照德国的一条哲学小路而得名。是谁、为何把它命名为哲学小路,从这里走出了多少哲学家,这一切都不得而知。而德国的那条哲学小路在哪里、情况如何,当时也未曾深究。

去年造访德国古城海德堡之后,才偶尔得知德国的哲学小路就在那里。据说，是因为十九世纪初德国诗人艾兴多夫和哲学家荷尔德林经常在那里散步而得名。只是因为去德国前没有做好功课，错过了探访德国海德堡的那条"哲学小路"的机会，从而留下了深深的遗憾。

除了赏樱的季节，哲学小路总是一个幽静的去处。小路一路沿着小河，用青石板或碎石铺就，两边是樱花树和各种树木，给人一种"曲径通幽"的感觉。小路的两侧，则是充满了古都风味的庭院、寺庙和零零星星的小小咖啡屋。这里没有机动车可以走的路，自然就没有了汽车的喧嚣，平时也很少有人声的嘈杂，一个人散步时，只能听到潺潺的水声和小鸟的啼鸣，或者是脚踏石子的沙沙声。小路两旁的树木则是随着四季不断地变换着容貌，装点着小路。

到了赏樱的季节，这里就会吸引许多游人。那时候，这里还少有来自中国的游客。为了赏樱欢聚，游人们会用各种席子之类的东西占据樱树下的"有利"位置，席地而坐，等待夜晚降临后举杯畅饮。记得有些沿路居民，在自己的院子里安装上了射灯，夜晚时分，将灯光投射到樱花树上，给夜晚的樱花披上一件新装，也给夜晚的哲学小路平添了一份靓丽。

在京都留学时住过多个地方，离开京都前的最后一处宿舍，就在距离"哲学小路"不远的一个叫作"雪轮庄"的地方。寒来暑往，闲暇时，时常会来这里散步，以消解身体的疲惫，滋养自己的心灵，排解心中的焦虑和惆怅。

跟着自己的脚步，在记忆中的地方，顺利地找到了那块刻有"哲学小路"的路牌。路牌、小路、樱树、周围的景物与那流淌着涓涓细流的水渠，都和昨天一样，而我，则已不是当年的那个青年人，正所谓"年年岁岁花相似，岁岁年年人不同。"时间的关系，我来不及重新踏访一遍哲学小路，寻找当年的记忆。

很想再看一眼当年借宿的民居"雪轮庄"。先是凭借记忆寻找了一下，没有找到地方，便向路旁一个商店的老板娘打探。老板娘听明白我的意思后，立即掏出手机，输入了"雪轮庄"帮我寻找，结果发现叫这个名字的地方距离这里很有一段距离。或许是我的记忆有误？为了不打扰人家做生意，道谢之后，我决定到小路入口处的警察岗亭再问一问。

警察弄明白我的来意后，带我走到挂在墙上的大大的地图前，按照我提供的线索，和我一起在地图上寻找起"雪轮庄"，结果还是令我大失所望，地图上全然没有"雪轮庄"的踪影。

或许……？或许……？

带着几分遗憾、几分惆怅，我们告别了哲学小路，告别了京都,踏上了返回神户之路。再过几个小时,我们也将结束此次怀旧之旅,踏上归途。

京都,我一定会再回来的。

图一　京都的哲学小路

带着安全帽的旅行

2016 年 9 月 25 日

（一）"没有人可以例外。"

"进入工地时，所有人都必须正确戴好安全帽，没有人可以例外。"在实习动员会上，我对学生们这样说。

在我看来，懈怠，是人类的通病，所以我们才经常可以看到"三令五申"之类的说法。千百年的封建专制统治，在人们心中形成了根深蒂固的特权意识。特权意识（例如自以为可以不遵守规定）和由血的教训换来的安全要求（即文明）相碰撞时，便会出现许多的尴尬。

"没有人可以例外。"正是对这种特权意识和由此衍生出来的麻痹大意的警示。

在另外一方面，精神上的懈怠是每个人人生的大敌，是终生都需要警惕的事情。正确佩戴安全帽和开车系好安全带一样，既是出于安全的需要，也是为了防止精神懈怠的需要。

很多时候，我们要求他人，首先也是在要求自己。这就注定了我此行必须带上安全帽，在工地的时候戴在头上，其他时候带在身旁。

安全一词成了此行的口头禅，每天不知道要说多少遍。

（二）奢侈的旅行

人们一说到消费，首先会想到金钱。的确，人们有过受困于金钱的时代，直到今日，依然有许多人因为没有钱而对自己的欲望无能为力。但假如去掉金钱的约束，最奢侈的东西是什么呢？

实际上是时间。

我多次来过贵州，当地的同事为了尽地主之谊，曾为我安排访问黄果树瀑布和黔东南少数民族地区等行程。然而，每次都是因为后面的行程已经有了不能取消的预约，无法参加东道主精心安排的旅程。

而这一次带学生实习，我能在号称十里画廊（图一）的地方驻扎下来，静静地享受一份难得的时光，实在算得上是长久以来一次最奢侈的旅行了。

没有理由再错过它。

图一　实习地即景

(三) "不要还价了。"

实习就要在当地吃住，吃住就需要发生费用。

在当地同事的介绍下，我们接触了当地的一户人家——S家，他们根据我们的需求给出了一个报价。从给我的印象来看，S家为人很诚恳、朴实，报出的价格基本接近我们所认知的水平，当然，我也对未来吃住的质量提出了描述性的要求。对此，S家都信誓旦旦地应承了下来。

我便把助手叫到一边，商议了起来。

"我觉得这个价格可以拿下来。"显然，助手已经在心里打了一个腹稿，提出了在S家报价的基础上再打一点折扣的想法。

我要助手先根据对方的报价测算一下可能发生的费用是否在预算范围之内。测算的结果是没有超出预算范

围,于是我就对助手说:

"不要还价了。"

很多时候,我们只是本能地想讨价还价。实际上,我们还价节约的那些钱,对于我们来说可能算不得什么,但是对于这里的人来说,就是很大的数字了。既然对方的报价符合当地的实际情况,既然总费用在我们的预算范围之内,那还还价做什么?助手接受了我的建议。

后来的事实证明,S家确实提供了让我们师生都满意的服务。

(四)沮丧的出发

经常出门,但是要带上洗漱用品的旅行则是屈指可数。出发的前一天,一直忙到晚上才回家,整理行囊也是匆匆忙忙。于是,就让妻子帮我找些洗发沐浴用品放入行李中。

没想到在机场安检时出了问题,安检的小姑娘摇晃着从我的行李中取出的洗发液、沐浴露对我说:"这个不能随身携带。要么你去托运,要么去快递。"

我看了看手表,感觉无论去做这两件事中的哪一件,都很难赶上飞机,于是便选择了放弃。紧接着,"啪"的一声,它们就飞进了一个箱子。显然,它们的命运就是进了垃圾箱。

真有些心疼。

带着几分沮丧，开始了这段奢侈的旅程。

（五）"进屋坐一下嘛！"

实习工作之余，闲来无事时，便会在住处周围四下走走，遇到看起来无事的人，便会和他们搭讪、闲聊。往往是没聊几句，对方就招呼我：

"进屋坐一下嘛！喝杯水。"

这种情形几乎是每一次都会发生。

我们投宿店家的隔壁，门口有一套看起来用于制酒的设备，我上前一问，果然是自家酿造白酒的（图二）。出于好奇，便提出想品尝一下，我相信对方看出了我没有购买的意思，但还是很爽快地应允了，分别给我倒了两小杯透明的液体，告诉我这一杯是大米酿的白酒，那一杯是玉米酿的白酒，度数相同，但是口感完全不同。我试了一下，果然如他所说的那样。我便一边品尝，一边和主人家闲聊起来。聊着聊着，主人家竟然从屋里搬出了小板凳，邀请我坐下来聊。

说起来我的确不善闲聊，常常是聊上几句便会起身离去。这或许是城市人的通病，或许是我们习惯了现代生活的快节奏。

在这里，每当要离去时，主人家都会客气地说："喝杯水再走。"遇到吃饭时,对方还会说"进来吃饭""吃了饭再走"之类的话。

我相信他们的邀请是发自内心的、真诚的。正是因为如此,我也希望我的匆匆离去没有让他们失望,更没有让他们感到难堪。

图二　农家酒坊

(六)"你要不要骑我的车去?"

午后,工作节奏突然放慢下来,内心有了一种舒缓的感觉。

计划的第一步,是整理内务,接着利用这里难得的阳光,把洗干净的衣物晾晒出去。

第二步,是带上从朋友那里"借"来的图书,在河边找一个安静的地方,静静地把剩余部分读完。

这是一本有些厚度——四百多页的书籍，由于当时说的是借，那就得尽快读完，尽快归还。生活中需要处理的杂事实在太多，读书的计划一再拖后。好在有了此次奢侈的旅行，这项读书计划可以实施了。

衣物晾晒妥当，背上书籍，带上一杯茶水和其他随身物品离开了宿舍。刚一出门，遇到了房东大嫂，便向她打听起路线。我记得小河的对面有一个凉亭，亭子里有座椅，那里或许是读书的最佳去处。

大嫂闻听我准备过河，便讲起过河的方法。就在我准备告别大嫂，按照她指示的路线出发时，她突然问道："你要不要骑我的车去？"

我愣了一下："什么车？"我以为是一辆自行车，因为在这个度假胜地，有很多种类的自行车。

跟着大嫂过去一看，原来是一辆电动车。我婉言谢绝了大嫂的好意，执意徒步而去。从大嫂的表情看得出，她有些失望。她大概是不知道我的真实意图，不知道我就是想随意走走停停，再找一个安静的地方坐坐。

（七）朝阳寺和老妇人

没走出去几步，就看到了那个"朝阳寺"的指路牌。这个去处是前几天给我们做饭的小王告诉我的，当时就想前往一探究竟。

沿着一段陡峭的斜坡没走几步,便是一个寺庙。这里的一切显得有些简陋和破败。局促狭窄的寺庙里空无一人,往功德箱里放了一点点"功德",对着宝殿的菩萨拜了几拜,我便旋身退出。

沿着下山的小路,走进了一个小门,小门两旁的对联和院内建筑上绘制的莲花,说明了这个小院和寺庙的关系,于是便低头走了进去。

突然间,一只小狗吠了起来,紧接着,从屋里走出一位满脸笑容的老妇人。老妇人衣着俭朴,手上非常醒目地挂着一串佛珠。

老妇人见到我,一点都没有显得陌生,反倒像老熟人一样,邀请我进屋。

我注意到屋门上的匾额写着"般若书屋",其中的书字是用繁体书写,而"般若"应该是梵语里智慧的意思吧。

跟着老妇人走进房间,发现这里的确是一个小型图书馆,书架上摆满了佛教图书。房屋的开间很大,屋子中央摆放着一张很大的桌子,桌子上有一个又小又旧的电视机,从里面传来电视剧的对白声音。

我猜,如果不是我的打扰,老妇人正在津津有味地看着什么电视剧。

我试图和老妇人对话,她总是笑眯眯和我答非所问地对着话,并让我坐下喝杯水。见此情景,说了几句话后,我准备退身告辞，便问起老妇人是否有其他的下山之路。

果然，老妇人为我指了另外一条下山之路。

就在我准备沿着老妇人所指的路下山时，我看到对面有一个平台，平台上有座椅。

"何不在此小坐，静静地读书？"

于是，我改变了路线，向着那个平台走去。

"那边是财神殿，下山的路在这边。"看到我改变了路线，老妇人试图纠正我。

我告诉老妇人说："我想看看。"她便跟我走上了平台。

平台上靠山一侧供奉着关帝等神像，地上散乱地摆放着桌椅，周围还有木制的沙发式座椅。从平台这里可以俯瞰小河流水和谷地。

"就在这里吧。"我心想。

我对老妇人表明了想在这里看一会儿书的想法，老妇人欣然答应了我的请求。看到我用抹布擦拭座椅上的灰尘，老妇人便转身离去。

终于，平台上就剩下我一个人了。

在我凝神捧读时，身后传来了老妇人的声音。只见她手里拿着一只塑料杯子，杯子里盛着热茶。原来，她是专程给我送一杯茶来的。一阵感动，融进了还萦绕在我心头的书香。

寒暄了几句之后，老妇人便离开了。平台里再次只剩下了我一个人，一个人的午后、一个人的阅读。终于，读到了书的最后一页。

中间唯一的打断，便是揉一揉酸涩的眼睛，眺望一下远处的山谷和呷一口清茶。举目四望，青龙河水从脚下潺潺流过。公路边上的杨树叶，已经微微泛黄，在午后轻柔的微风中摇动，让人能感受到它的舒展和惬意。突然间，它唤起了我童年的记忆：窗外就是一棵杨树，望着它的时候，它的叶子就是这样晃动，就是这样在风中雨中哗哗作响。好不温馨惬意！

眼前的平台围栏上摆放着三个花盆，花盆里漫不经心地种着我不知道名字的花，其中一只花盆里，一高一低地生长着两株已经泛黄的狗尾巴花。这必是大自然的杰作无疑。

远情近景，竟然有了一些"天凉好个秋"的味道。

收拾停当后，便起身下山。当路过"般若书屋"门口时，"吃了饭再走啊，我都做好了。"老妇人发出了让人感动的邀请。

自始至终，我们不知道对方是谁，从一开始，我们似乎就早已认识了对方。

（八）没有围墙的院落

小山村的接待能力有限，我们的吃和住并不在一起。

"吃"和"住"之间,总要经过一个小院子。说是院子,实际上就是三面建筑合围起来的一块空地。正对着马路的房子是一间看起来很有些历史的木屋,两侧则是现代的钢筋混凝土楼房。这里是布依族和苗族聚居地,木屋自不用说,现代建筑也带有一些当地特色,白色的围墙、深灰色(灰砖色)描画的框架,加上灰色的屋瓦。远远望去,别有一番景色。

每次经过这个"院落"时,都会有一些小的景象吸引我。有时,是古老的木屋前,一个小学生模样的小女孩正在独自一人写作业;有时,是这个小女孩在独自一人吃饭;有时,则是一个耄耋老者独坐在那里,手持一杆长长的旱烟,眺望着我,真有点"你站在阳台看风景,看风景的人在路上看你"的味道。

渐渐发现,这里的"院落"基本都是如此:正房是古老的木屋,而厢房则是现代化的楼房。相比之下,我更喜欢那些散发着幽暗气息的木制老屋。

而它们的另外一个特点,就是这里都没有围墙。

(九)灿烂的笑容

独自一人行走在一条长满野草的田间小径上。

小径两旁的稻田已经泛起金色的波浪,有几处田里的水稻被割下放倒在地上。我经过一块正在收割的稻田,地里有三个男人在紧张地忙碌着,他们轮流将割下的稻子送入嗡嗡作响的脱粒机(图三)。

他们中的一人突然意识到了我的存在,抬起头来向我这边张望。

那是一张劳作人的脸,深深的古铜色、布满了皱纹。让我感动的,是那张辛勤劳作的脸上满是笑容,那笑容是如此淳朴、天然,如此富有感染力。

是对陌生人的善意?是丰收的喜悦?抑或都是?

我对着他微笑了一下,他依旧还以那灿烂的笑容,手上始终在熟练地操作着。我突然想起了手中的相机,把镜头对准他,试图记录下那笑容。放下手里的相机,我想起了白居易的《观刈麦》:

足蒸暑土气,背灼炎天光,力尽不知热,但惜夏日长。

虽然我的相机没有记录下收稻者那灿烂的笑容,但那笑容犹如一幅定格的图画,已经深深地印刻在了我的脑海里。

图三　农家刈稻

（十）布依族山寨

下午忙完自己的事情，太阳也西斜了许多，是该休息一下的时候了。关闭电脑，背上背包就出了门。

前几天就听说附近有一个整体保护的寨子，当地人也不会用术语形容保护什么、谁来保护，只是说整个村子的房屋都不许拆除。从他们的形容来看，那个村落应该离这里不远，沿着那天村里人手指的方向，一路寻觅过去。果然，没走多久就找到了一个叫作"马头寨"的地方，村口赫然写着"马头寨古建筑群抢修保护"的字样。

人们说的那个地方，应该就是这里了。

沿着蜿蜒的小路，穿行在山寨的"街道"上，仿佛一下子回到了远古的村落。村落大部分保留着从前的木板房屋，只是看上去有些破败。偶尔其中也夹杂着几座现代的建筑，显得有些扎眼。

有许多"院落"就那么敞开在我的面前，我走进去拍照，从没有人出来问问我是谁，让人有了那种"夜不闭户，路不拾遗"的感觉。偶尔遇到一两个行人，也都是上了年纪的老人。山寨的小路虽然逶迤曲折，但都是相通的，连接着每一家、每一户。狭小的房屋和联通的小路，显示出了当地人充分利用自然资源的智慧。

路过一个"小院"时，里面的秋色吸引了我，驻足观看，发现门口坐着一位老人，老人的手里还持着一根长长的旱烟。老人也看到了我，便向着这边张望。我举手示意，并投以微笑。马上，老人也从腿上抽出另外一只手，微微举了起来，同时还以微笑。

差不多快到山顶的时候，一栋显得颇有些气势的木制房屋出现在我的眼前。当我无声无息地走进"院子"时，里面一位正在劳作的老人好像吓了一跳。老人问我来做什么，但我想他很快便通过我的衣着和手里的相机找到了答案。

"我想看看这里。"

"你看吧。"

我从房屋的名牌上找到了这座建筑物的由来。牌子上这样写道：

宋氏土司总营府遗址，俗称大朝门，即元代底窝紫江、明代底窝马头总营府旧址，是黔中现存唯一的元明土司衙门遗址。元初，1283年底窝紫江等处（州）于底窝马头寨共建总营府，因1301—1304年宋隆济抗元运动时，四千多各族人民攻毁该总营府缴获"雍真等处蛮夷管民官印"载入史册。明初，1372年水东宋钦附明，受命亲辖十二马头，土司宋德茂受任为底窝马头头目并重建土司衙门，到1631年革除宋氏土司，设置开州（今开阳县）大朝门作为土司衙门，历时长达三百四十八年。

原来，这是"宋氏土司总营府遗址"。与村落中其他破败的房屋相比，它虽然已经破旧，但还是可以看得出它的与众不同和当年的那种"器宇轩昂"（图四）。

在里面看了一圈之后，便转身和刚才的那位老者攀谈了起来。从老者的口中得知，那是他兄弟的房屋，以前和他现在居住的房屋连为一体。后来，兄弟长大便分了家，他兄弟分得了那栋房屋。目前，房屋由文物部门出资修缮，然后被政府征用十年，十年后会归还他兄弟。

"征用期间，会卖门票吧？"我问。

"嗯。"

行走在山寨的"街道"上，建筑工地随处可见，以至于"偌小"的村落，差不多都成了古建筑工地。

马头寨，下次再来时，你会是什么样？

图四　宋氏土司总营府遗址

（十一）交流的坦途

沿着山路一路前行，终于走到了目的地——一座可以俯瞰整个山谷的凉亭。一走进凉亭，一股清凉的山风就吹进了我被汗水湿透的衣裳，带来了清爽。放眼望去，整个山谷尽在眼前。

这是一个四面环山的盆地，青龙河在盆地上蜿蜒流过，形成了一个大大的S形。被小河及道路分隔的田地里，满是泛着黄色的稻谷。

当地人好像有焚烧的习惯，不要的东西就一把火烧掉。整个山谷里烟火四起，空气中弥漫着一股焦糊的味道，缭绕着不肯散去。

收获过的稻田里，或者冒着浓烟，或者是一片一片的灰烬。很难说那是美。

这时，一辆汽车停在了凉亭的一旁，从车上下来一男一女两个和我年龄相仿的人，每个人手上都拿着一个很专业的相机和三脚架。

他们一走进凉亭便和我搭讪起来。交谈中得知，他们是一对夫妻，在县里某部门工作，快退休了。下午闲来无事，便溜出办公室，开车出来游玩。一个儿子曾经在北京读书，现已成家立业，也工作在和他们的职业相同的系统里。

各种信息显示，这对夫妇正处在人生的第二个春天。

聊了一会儿，他们问我是否下山，他们可以开车载我下山。我没有谢绝他们的美意，蜿蜒曲折的下山路，变成了交谈的坦途。

（十二）"老师"

一个小小的村庄里，突然住下了一群陌生人，肯定会引起人们的关注。尽管我们和当地人交流并不多也不深，但我猜大家早已知道了我们的身份和来历。

知道我的身份之后，这里的人总是以"老师"亲切地称呼我，就连我在山上遇到的素昧平生的人，也总是亲切地称呼我"老师"。

小村子里的设施不能和大城市相比，总会出一些意想不到的问题，一会儿没有水了、一会儿热水器出问题了、一会儿晚上被子显得薄了、一会儿需要补充一下日用消耗品了、一会儿想找个地方晾晒衣服了。

每每因为这些小事找到房东大嫂时，她总是热情应承下来，等我外出回到房间时，问题总会得到解决。有时，则是他们主动询问我们有什么需求。

我不知道"老师"一词在他们心中意味着什么，但是，每当我听到他们称呼我"老师"时，总能从那亲切的话语中感受到尊敬、信任，以及许多许多。

开篇
——2016 年中欧之旅之一

2016 年 8 月 17 日

你问:这是一次怎样的旅行?
我一下子找不到一个恰当的词来形容。
它始于肖邦,还有贝多芬、莫扎特,结束于德沃夏克,
中间还有维也纳的金色大厅。
哦,是一次音乐之旅?
可还有大河陪伴始终。
无论投宿河边还是泛舟江上,
多瑙河都如影随形。
那,应该是一次大河之旅?
可还有无数历史文化遗产的身影。
探访或餐饮,
都有小小的确幸。

那，要算是一次快乐之旅？

可还有奥斯威辛集中营。

人世间沧桑巨变，

夹杂着多少血雨腥风。

那，还是一次凭吊之旅？

可还有斯拉夫民族、马札尔人和日耳曼人的行踪。

邂逅了哥白尼、居里夫人、裴多菲等巨匠，

还有宗教的庄严和神圣。

哦！那，一定是一次历史文化之旅。

也还有风景名胜。

都是，都不是，

只因它承载了太多、太重。

让我拉着你的手，

从肖邦和他的故乡启程。

踏上肖邦的故乡
——2016 年中欧之旅之二

2016 年 8 月 24 日

（一）那悠扬的钢琴声

一通过华沙的海关大门，便听到了不知道从什么地方传来的悠扬的钢琴声。循着声音望去，只见楼下候机大厅的一隅，摆放着一架巨大的三角钢琴，钢琴前坐着一位女士，优美的乐曲随着这位女士指尖的跳动流淌出来。从女士的衣着和她身边的行囊来看，她和我一样，不过是这里的一个过客（图一）。

我到过不少城市，经过不知道多少机场的候机大厅，这样的情景却是第一次见。

等行李时，肖邦音乐会的广告又吸引了我的注意（图二）。

"真不愧是肖邦的故乡！"

这阵不期而遇的钢琴声,像是序曲,拉开了我的中欧五国之行的帷幕。

图一 抚琴女

图二 行李传送带处的肖邦音乐会广告

(二)我所知道的波兰

对我来说,波兰是一个遥远的国度,我甚至不确切地知道波兰的地理位置及和她接壤的近邻。虽然我知道那里曾经和我们一样是社会主义制度,虽然我知道二战中的她被纳粹德国和苏联蹂躏,虽然我知道奥斯威辛集中营就在波兰,虽然我知道有两万多波兰军官被杀的"卡廷事件"。但是,我不知道波兰曾经是一个强大的帝国,我不知道她曾经三次被奥匈帝国和沙皇俄国等国家瓜分,使波兰这个国家的名字从地图上消失了长达一百二十三年之久!回顾这段历史就会发现,约从十五世纪起,波兰的命运里就一直伴有一个大国的魅影。"东欧剧变"之后，波兰投入了西方的怀抱，才为她摆脱那个魅影，实现民族的兴旺带来转机。

当我知道了一点波兰的历史之后，一种难言的感觉萦绕在心头，一个如此命运多舛的民族，现在是如何看待历史，如何看待那些伤痛的呢？

波兰，我对她的了解太少了，因为了解太少，她显得离我那样遥远。如今，在一个阳光灿烂的午后，她就活生生地出现在我的面前。

（三）初识华沙

载着我们的大巴一离开机场，便径直驶向华沙市区。华沙给我的第一印象是，她很像我印象中的苏联。说来见笑，我从来没有到过苏联，但是，我印象中的苏联就是那样：宽敞的街道、绿树成荫、地广人稀、从容不迫的车辆和行人，道路两旁都是高大的"共产主义大厦"（我把那些社会主义时期建设的大楼都称为"共产主义大厦"）。这些"大厦"，用我们改革开放之前的眼光来看，可以用"高耸入云"来形容，但是到了今天，在我们的眼里，它们充其量算得上是高大了。这些"大厦"的造型颇具有那个时代的特点，类似的"大厦"在后面的匈牙利、捷克及斯洛伐克等国家也随处可见。

恰逢周末，道路上的机动车熙熙攘攘，但是，几乎所有的车辆都耐心地遵守着交通秩序。这一点和我在其他发达国家看到的情形类似。

街道两旁的景物，看起来和我曾经到过的柏林颇为相似。远处突然映入眼帘一栋高耸入云的俄式建筑，它立即让我把华沙和她昔日的社会主义制度联系了起来。后来导游告诉我，那的确是那个时代苏联援建的项目，现在叫作"科学文化宫"（图三）。

到了波兰，发现自己一下子成了"文盲"。除了通过各种标识上的图形可以猜出意思之外，几乎是一个字都不认识。

正是因为如此，街道边的中文招牌和华为集团的广告（图四），很容易被辨识出来，对我来说倍感亲切。

除此之外，从专业的角度来看，华沙的有轨电车和几乎无处不在的限制随意停车的阻车桩给我留下了深刻的印象。

图三　过街的行人和远处的"科学文化宫"

图四　华沙街头的中国元素

(四)高高的雕像

进入华沙中心城区,遇到的第一位有名有姓的波兰人就是高高坐在"神坛"上的哥白尼(1473年2月19日—1543年5月24日,图五)。这位生活于欧洲文艺复兴时代的伟大的科学家,提出了著名的"日心说",这在宗教统治的时期,是一件翻天覆地的事情。哥白尼的故事告诉我们:科学往往与政治社会密不可分,而社会进步的标志之一,就是科学不再是"仆从"。

哥白尼的故事已经流传了几百年,这里不必细说。每当提起哥白尼时,我总会想起同样是天文学家的张衡(78—139年)。张衡生活在东汉时期,观天比哥白尼早了将近1400年!如果他的观测和研究能够一直延续下去,那得积累多少数据资料和多少科学发现啊。

我无意责备张衡及其他从事天文学研究的科学家,但是比较之后,哥白尼的故事给我们留下了深深的思考。

图五 哥白尼和他脚下的美女

(五)永远跳动的心脏

离哥白尼雕像不远的地方,有一座教堂。教堂的门口有一个无名教徒艰难地背负着一个沉重的十字架的雕像,从而让这座教堂很容易被辨识出来。

这里想说的不是这座无名雕像,而是这个很特别的教堂里,安葬着一颗伟大的心脏——音乐家肖邦的心脏。

肖邦(F. F. Chopin, 1810—1849年)出生于波兰,很小的时候就有机会登台演出,据说,当时已经蜚声欧洲的钢琴家李斯特为肖邦的登台设计了一个非常巧妙的场景:演奏即将开始时,灯光突然熄灭,接着便传来了美妙的钢琴声,演奏结束后,灯光复明,人们惊讶地发现,坐在钢琴旁边的不是大名鼎鼎的李斯特,而是初出茅庐的肖邦。四座皆惊,肖邦因此一举成名。不过在那个没有电灯的时代,如何做到这一点,还是个谜。

肖邦很早就离开了波兰,旅居法国,后因肺结核在法国去世,时年才只有三十九岁。记得有人说过,上帝偏爱音乐家,总是早早地把他们招到身边。想想包括聂耳、舒伯特、肖邦在内的为数众多的音乐家的生平,会觉得这样的说法不无道理。为了纪念这位音乐天才,波兰人将他的心脏安葬在了这座教堂里(图六)。肖邦高度浓缩的人生早早便结束了，但是，这位钢琴诗人给世人留下的那些不朽的乐曲将久久在世间传颂。当我们静静地凝望那刻在柱子上的墓志铭时，仿佛依然可以

图六　肖邦的心脏在这里跳动

听到那颗心脏在随着他谱写的动人乐曲而跳动。

只要那些钢琴曲在，肖邦的生命就在，他那颗心脏的跳动就在。

（六）那位伟大的女科学家

如果让你说出一位近现代最伟大的女性科学家，你会想起谁？我猜你的名单里一定有她——居里夫人（1867—1934年）。

居里夫人于1867年11月7日生于华沙。后来，居里夫妇因对放射性研究的贡献，获得了1903年的诺贝尔物理学奖，再后来，因发现钋和镭两种元素，又获得了1911年的诺贝尔化学奖。由于长期接触放射性物质，居里夫人于1934年7月3日因白血病逝世，享年六十七岁。

造访这位科学巨匠的故居（图七），给了我们一次

走近她、缅怀她的机会。

参观故居不禁令人感慨，简朴的生活和研究条件与居里夫人伟大的科研成就形成了巨大的反差，这给我们的无限遐思留下了空间。

图七　居里夫人故居

（七）犹太人纪念碑

近代战争的伤痛，让不少国人对我们的近代历史耿耿于怀。平行时空中，德国对于在战争中加害责任的反思得到了国人的首肯，其中广为国人熟悉的事件，恐怕要算西德总理勃兰特在犹太人纪念碑（图八）前下跪道歉一事了。

这件事发生在1970年12月7日。当时勃兰特访问波兰，日程中有给犹太人纪念碑（准确的名字是华沙犹太隔离区起义纪念碑）献花的安排。仪式期间，勃兰特突然下跪为死难者默哀。这个超出预定计划的行为，得到了波兰人民、犹太人及国际社会的普遍认可，为民族和解迈出了一大步。据说，当时在德国国内，舆论对这种行为也有质疑的声音。

图八　犹太隔离区起义纪念碑，勃兰特下跪道歉的地方

我访问这座纪念碑时，一群中学生模样的人也在参观。一个应该是老师的人在那里仔细地讲解着。估计他们是犹太学生，在现场进行着"爱国主义教育"。

相比勃兰特，日本人就显得很小心谨慎，其中最"超前"的要数时任日本首相的小泉纯一郎了。在担任日本首相期间，小泉破天荒地访问了北京卢沟桥的抗战纪念馆，在那里题写了取自儒家思想的"忠恕"二字，并说他对在那场侵略战争中死去的中国人民表示衷心的道歉和哀悼。

尽管小泉的用典是否得当可以讨论，但是，他希望得到中国人民宽恕的意思已经表达得十分清楚了。想想他身后有着那么强大的右翼政治势力，他能做到这一点，已经很不容易了。

望着犹太人纪念碑，我就在想：真诚和善意有多少种表现形式，谅解和宽恕又有多少种表现形式呢？

克拉科夫
——2016年中欧之旅之三

2016年8月30日

（一）小城漫步

就像许多国家一样，波兰也有古都，克拉科夫就是波兰的古都，1320—1609年波兰的首都就设在这里。据说，后来因为瑞典人入侵，波兰首都才从这里迁往了更靠近波罗的海的华沙。

克拉科夫是首都时，三面都是沼泽，只有一条通道伸入其中，成为入城的必经之路。这样的地理条件，是首都设在这里的首要原因。克拉科夫虽然饱经沧桑，但她基本没有受到太大的破坏，其原因之一就是二战时德军的指挥部就设在这里。

从克拉科夫古城门前的地图来看，小城不大，形状颇具特色，且保持了历史原貌。

走进克拉科夫城堡的大门,是一条古香古色的历史街道,沿着街道继续前行,便来到了一个城市中心广场。欧洲的许多城市都有城市中心广场,广场附近都有一座教堂,广场上会树立三圣雕像,以纪念十四世纪流行欧洲的黑死病(也就是鼠疫)。这些元素加在一起,差不多算得上是欧洲版的《礼记·匠人营国》了。

在克拉科夫的广场的一角,有一座名为圣玛利亚的大教堂。这座教堂与众不同的地方在于,她拥有一高一低两个塔尖。据说,当年的国王让两兄弟比赛,看谁能把塔盖得更高一些,于是,便留下了这座奇特的教堂。另外,欧洲的教堂都有报时的习惯,这座双塔教堂的报时也颇为特别。说来也巧,就在我们驻足仰望教堂时,报时的时刻到了。只听到钟声之后,顶楼的窗户打开,一只小号对外响起。

差不多是在广场的中央,有一个被称为是纺织会馆的建筑物,不知道它的历史,只是今天它成了旅游纪念品的大排档。穿过它,再前行不远,便是一座闻名世界的大学——雅盖隆大学。

(二)古老的大学

克拉科夫是一座古城,处处能感觉到她那文化的气息。建于 1364 年的雅盖隆大学就在这里

（图一），更让人羡慕不已的是，天文学家哥白尼曾经就读于这里。

一走进那座古老的大学的庭院，立即可以感受到扑面而来的历史气息（图二）。红砖的楼房，围成了一个四合院的形状。那些石雕、木门、木门上的铁钉和房檐处的滴水，都仿佛是当年那副模样。六百多年了，这里的点点滴滴，让我们触摸到了百年前的波兰和波兰的大学。

没有人告诉我，今天的雅盖隆大学怎么样了，也没有人告诉我今天的克拉科夫和雅盖隆大学的关系。但是，当我经过克拉科夫城区时，经常会感受到一种书香气息。这让我相信，在克拉科夫城中，大学占了很大的比例，而我无意经过的地方，恰恰是这些大学学府的所在地。

克拉科夫，你今天还是一座大学之城吗？

图一　雅盖隆大学的标记

图二　雅盖隆大学的灰墙

(三)街头歌女

漫步克拉科夫老城,另外一个突出的印象就是这里的教堂众多。在老城的街道上走着走着,忽然传来一阵歌声,循着歌声望去,只见一黑衣女子手擎一把红色雨伞,正在教堂的外墙边、阴雨中放歌(图三)。

我不太懂西方的歌曲,但从曲调判断,那和教堂里唱诗班的歌曲很像。她面前的一个小钵,显然是用来行乞的。

从她的衣着和现场的氛围来看,她又像是在为什么事情募捐。究竟是什么呢?不得而知。

图三 街头歌女

(四)克拉科夫皇宫

快到集合的时间我们才知道,克拉科夫古城后面有一座小山,小山上是昔日的皇宫。于是和妻子加快脚步,一定要去看个究竟。

没走几步,便来到了登山的坡道边,从这里可以仰视雄伟的建筑群。沿着坡道进入昔日的皇宫大门,便可以看到维斯瓦河在这里转了一个大弯(图四),即使是在雨中,眼前的城市也让人感觉到"淡妆浓抹总相宜"的美丽。

据说,这座皇宫是波兰最古老的宫殿之一,后来曾经遭到大火和兵乱的破坏。即便如此,今天的她看上去依旧妖娆(图五)。

图四 维斯瓦河

图五 皇宫前的大教堂

(五)其他

据说,这辆长城汽车是由俄罗斯组装的(图六)。

正好遇上当地人在教堂举行婚礼,溜进去看了一会儿(图七)。

图六 俄罗斯组装的长城汽车

图七 教堂中的婚礼

奥斯威辛集中营和比尔克瑙集中营
——2016 年中欧之旅之四

2016 年 9 月 1 日

（一）序

我想煮一杯香浓的咖啡，
来驱赶那苦痛的回忆。
咖啡的苦涩，
让那些场景更加在目历历。
我想喝下一杯烈酒，
来麻木那脆弱的神经。
烈酒的辛辣，
让我的神经更加跳动不息。
面前的这组黑白照片，
在讲述着一个惨痛的过去。

（二）生命的单向阀

这是一扇漆黑的大门（图一），
上写"劳动换取自由"的铭文。
四周密布着铁丝网（图二），
还有那些恶煞凶神。
荷枪实弹和恶犬狂吠，
让世界恐怖阴森。
幻想着渴盼的自由，
等来是魔鬼的死亡之吻。
走过生命的单向阀，
生死从此两分。

图一　奥斯威辛集中营大门

图二　奥斯威辛集中营

（三）我不想

我不想记录那冰冷的地面，

我不想记录那狭窄的小屋。

我不想记录那堆积如山的人类毛发,

我不想记录那用毛发织成的军服。

我不想记录那写着姓名的皮箱,

我不想记录那装满了毒剂的药壶。

我不想记录那惨烈的啼号,

我不想记录那活人的嶙峋柴枯。

我不想记录那布满弹痕的围墙,

我不想记录那黑黢黢密封的窗户。

我不想记录那仓库般的营房,

我不想记录那堆垛般的卧铺。

我不想记录那带电的铁丝网,

我不想记录那戒备森严的通路。

我不愿想象一百三十万个生命意味着什么,

我不愿想象那昼夜不停的焚尸炉(图三)。

不!我不愿意!

不愿意人类再次误入歧途。

(四)阴霾中的生命

当人的生命已然走向枯竭,

生?或死?被无数次追问。

生的痛苦啊,死的畅快,

图三 奥斯威辛集中营的焚尸炉

无法逃出心中盘桓。

在死寂中寻求一丝生的希望，

对那有温度的世界该是多么不舍，

我们无法深入想象阴霾中惊魂失魄的日子（图四）。

图四　无数反映集中营的影片取景地——比尔克瑙集中营

印象布尔诺
——2016 年中欧之旅之五

2016 年 10 月 7 日

初次听到布尔诺（Brno）这个名字时，首先想到了意大利人布鲁诺（Giordano Bruno，1548—1600 年）。尽管布尔诺和布鲁诺毫不相干，在前往布尔诺的路上，我又一次想起了布鲁诺的故事。

据说，当年哥白尼提出了日心说，但是慑于教会的强大压力，他并没有及时将他的"日心说"发表出来，以至于直到他去世的那一天，出版商才收到哥白尼寄来的一部书稿。相比之下，布鲁诺显得更为勇敢坚强。他通过各种形式，宣传包括日心说在内的思想。最终，布鲁诺被诱捕入狱，烧死在罗马的鲜花广场。真理，并没有因为宗教的势力强大而改变，地球，每时每刻都在围绕太阳旋转着。让人略感欣慰的是，1992 年，罗马教皇为布鲁诺公开平反，布鲁诺被还以公正。期待着有一天造访罗马鲜花广场，去凭吊这位真理的捍卫者。

我们的汽车没走多久，就穿越了波兰和捷克的边境线，进入了捷克境内。而周边的景物，除了文字和波兰语有些不同且依旧不认识之外，几乎没有多大的改变。黄昏时分，我们进入了布尔诺城区。

布尔诺，对我来说完全是一个陌生的名字，更不用说它的历史和文化了。夕阳下的布尔诺，显得空旷和寂静，街道上很少看到行人，完全找不到她就是捷克南摩拉维亚省首府、捷克第二大城市的感觉，反倒像我国某个不大的东北老工业城市。似乎只有那些移动的公共电汽车和停在路边的汽车，宣示着人类的活动（图一）。

倒是山上的一座哥特式教堂——圣彼得和圣保罗大教堂（图二），显得非常引人瞩目，既有高大的雄姿，又有饱经沧桑的外表。翻开它的历史，的确有一个关于它的美丽传说：

相传十七世纪时期，一名瑞典将军承诺在正午12点前攻陷布尔诺，否则就会退兵。11点时，瑞典军队已经兵临城下，城市眼看就要沦陷。此时，守护大教堂钟塔的老人机智地敲了十二下钟，瑞典将军遵守承诺退兵。从那一天起，圣彼得和圣保罗大教堂每天上午11点的钟声都会响起十二下。

入住酒店，待一切收拾停当后，留给我们的时间已经不多了。于是和妻子徒步前往已经锁定的目标——圣彼得和圣保罗大教堂。

当我们抵达大教堂时，城市已经夜幕降临、华灯初上，教堂的大门也已紧闭。站在教堂门前，仰望教堂高耸入云的尖顶，建筑显得更加神秘、威严。放眼向山下望去，暮霭中的布尔诺万家灯火闪烁。原本在地球另一端的人们，此时此刻就在我们的身边。此时此刻，他们在做些什么？

归途中，我们经过了圣雅各布教堂和几个广场，而我们能做的，就是远远地眺望一下它们在暮色中的身姿（图三）。由于没有捷克货币，无法乘坐当地的公共交通工具，只能步行返回酒店。走到了一个看似有轨电车中心站的地方，为了确认方向，我便找了一个学生模样的女孩，用英语上前问路。

她似乎听懂了我的意思，并用手势回答了我，但是指向了和我感觉上相反的方向，这应该是一个比较容易识别的错误。从她的只言片语中我能感觉到，她也不很确定。我没有按照她指的方向，而是凭借自己的方向感选择了道路。结果证明，我是对的。

回酒店的路上，偶尔会看到看似刚刚开车长途旅行归来的当地人，因为，今天是当地假日的最后一天。他们或许和我们一样,将拖着疲惫的身体回到床上,然后进入甜甜的梦乡。

图一　布尔诺街景

图二　圣彼得和圣保罗大教堂

图三　布尔诺的广场和游人

布拉迪斯拉发一瞥

——2016 年中欧之旅之六

2016 年 10 月 17 日

　　小时候就知道东欧有个国家叫作捷克斯洛伐克,那时候父母所在的工厂矿山有许多巨大的卡车,大人叫它们"太脱拉",那是我那时候见过的最大的汽车。"太脱拉"的样子很特别,车厢空着的时候,后面的车轮呈倒八字,而且是内侧的车轮悬空,只有外侧的车轮着地行驶。装载矿石后,后面的车轮才全部竖起来呈 H 形。据说,"太脱拉"就是产自捷克,当时,这个国家叫作捷克斯洛伐克。

　　后来才知道,捷克斯洛伐克曾经是世界上非常重要的工业国家,经济地位名列世界前茅。这个国家虽然历经沧桑,多次更改名称,但基本上保持了一个国家的形态。1990 年经历了那场"东欧剧变"之后,国家的名字中间加了一个"和"字,即从捷克斯洛伐克变成了捷克和斯洛伐克。1992年的大选中,这个国家的两个最大的政党分别在捷克及斯洛伐克获胜,"两人"一商量,"干脆分家吧。"于是,原先的国家一分为二,就有了今天的捷克是捷克,斯洛伐克是斯洛伐克。成为两个国家后,捷克的首都依旧是布拉格,而斯洛伐克的首都则选定了布拉迪斯拉发。

深究一下,就会发现两个国家的历史文化、种族并不相同。据说,捷克长期从属于神圣罗马帝国和奥地利帝国,而斯洛伐克人长期处于匈牙利人的统治之下,布拉迪斯拉发作为匈牙利的首都长达两百五十多年。如此来看,两个国家"分家"也就不足为奇了。

"分家"在一些人看来是一件不可接受的事情。但是在欧洲、在世界各地,类似的事情屡见不鲜。事实上,兄弟分家是自然规律。在中国,兄弟之间即使不能远远地分开,在同一个屋檐下而实际上过着"分家"生活的家庭也比比皆是。在我看来,如果大家都能各自追求各自的幸福,和平相处,就像我们今天看到的欧洲各国那样,也不失为一种美好的模式。当然,由于缺乏学习,今天的欧洲国家到底在多大程度上保持着各自的独立及整体的统一,实在不敢妄言。

汽车离开布尔诺不久,便开始经过捷克与斯洛伐克的边境（图一），我们将从这里进入斯洛伐克境内。过去的"人垒"，被我们的汽车轻易地抛在了后面。这个曾经的国界，看起来很像我们过去二级公路的收费站，而且是人去楼空，"此地空余黄鹤楼"。

欧洲一体化之后，国与国之间的边境就像我们国家的省界，各国之间往来非常便利。记得去年在西欧各国之间穿行时，甚至看不到那些示意边境的建筑物，只有公路旁立着有欧盟标志的牌子，牌子的中间写着即将进入的国家的名字。

当我们的汽车经过一座大桥时，我本能地察觉到了不同。

"这是多瑙河吗？"我指着眼前的大河问导游。

我得到了肯定的答复。

哦，这就是那个遥远而著名的"蓝色"多瑙河（图二）！或许是由于奥地利作曲家小约翰·施特劳斯那首著名的《蓝色多瑙河圆舞曲》（The Blue Danube）的关系，在我的印象中，多瑙河被永远地染成了蓝色。

一闪而过的多瑙河，除了它沿岸茂盛的植物和浩浩荡荡的江水之外，这条欧洲的第二大河流没有给我留下太多的印象。

没过多久，我们的车辆便驶入了布拉迪斯拉发市区，准确地说是布拉迪斯拉发的老城区。

布拉迪斯拉发的老城和我曾经到过的欧洲城市大同

小异。一下车，就可以看到那些在欧洲城市随处可见的石砌街道、有轨电车和保存完好的古旧建筑（图三）。

跟着导游前行不远，便进入了布拉迪斯拉发以前的城门。那是一个非常狭小的城门，城门里面是迂回曲折的狭窄街道，街道两边则是旧式风格的建筑。

古老的街道上，除了建筑物被用来旅游开发、商业服务之外，还有适合穿行于狭窄街道的旅游车辆，可供游人代步，观览城市（图四）。

我很佩服这里的人（当然，也包括其他大部分欧洲城市的人），他们没有根据自己今天的审美和需要，去修改前人所修造的城市，而是让它们尽量保留着原来的模样。

街道通向一个城市广场，广场连接着城市四面八方的道路。广场不大，和布拉迪斯拉发老城相关的景点都在距离这个小广场不远的地方。

如果说布拉迪斯拉发给人印象深刻的东西有什么的话，恐怕就是雕塑了。

广场上就有一个趴在座椅背后、戴着一顶很特别的帽子的男人雕塑。说这顶帽子很特别，是因为它有点像记忆中意大利人的帽子——大大的边沿对折起来。据说，这是一个没有什么特别意义的雕塑，尽管如此，特别的造型还是引来了人们驻足，纷纷和"他"合影留念（图五）。

有个很特别的雕塑是在街角处，一个男人好像刚刚从下水道口钻出来(图六)。井盖在"他"的身后,但"他"并不急于爬出地面,而是趴在那里笑眯眯地休息。据说,"他"是在偷窥过路女子裙底下的风光呢。

另外两个严肃的人像雕塑,坐落在一个广场上,后来经过学习得知,他们一个是斯洛伐克诗人、剧作家、翻译家赫维兹多斯拉夫(Hviezdoslav),这个广场正是以他的名字命名(图七),而另外一个,记不得他的姓名了。

就在 Hviezdoslav 广场的对面,有一座气度不凡的建筑物,问了一下当地人,原来那是斯洛伐克的国家歌剧院(图八)。

短暂的逗留,为我打开了一扇窗口,让我第一次有机会窥探这个国家,她的历史和自然风情。

短暂的逗留,也让我们错过了高山上的城堡,错过了圣马丁大教堂,错过了多瑙河上的旋转餐厅,……从而留下了许多遗憾。

期待着有机会再次深入了解这个国家和这座城市。

图一　捷克与斯洛伐克的边境

图二　初见多瑙河

图三　第一眼看到的布拉迪斯拉发

图四　布拉迪斯拉发观光车

图五　特别的帽子塑像

图六　从下水道钻出来的"人"

图七　赫维兹多斯拉夫塑像

图八　斯洛伐克的国家歌剧院

过路"云堡"
——2016年中欧之旅之七

2016年10月17日

　　从布拉迪斯拉发出发不久，便来到了斯洛伐克和匈牙利的边境（图一），我们将从这里进入匈牙利境内。和其他欧洲国家边境差不多，这里失去了往日的威严。

　　在去匈牙利首都布达佩斯的路上，要经过一个很古老的城堡——维谢格莱德城堡，而我们则称呼它为"云堡"（图二）。据说，只有中国人这样称呼它，或许是因为国人喜欢简称，或许是因为城堡建在高高的山上。

　　汽车载着我们沿山路盘旋而上，然后在一个相对开阔的地方停了下来。从这里开始，人们必须用自己的脚步去丈量剩下的距离，用自己的内心去感受人和自然的神奇。

　　拾级而上，便可进入城堡的大门。昔日的军事要塞，今天成了博物馆和售卖旅游纪念品的店铺。穿过这些博物馆和店铺，便来到一个吊桥前，这里大概是军事要塞最后的关卡。

眼前的云堡虽修建于十三世纪，但它的历史可以追溯到公元前三百多年。从这里放眼望去，群山起伏绵延，滔滔不绝的多瑙河在山脚下蜿蜒而过。在冷兵器时代，这里想必也是扼守多瑙河的咽喉、兵家必争之地。几个世纪过去了，昔日牢不可破的建筑物也只剩下了残垣断壁和些许人工修复的痕迹。

云堡是从何时起彻底失去了它的军事意义的，我们不得而知。我们只是知道，在今天它失去了军事意义，不是由于武器的进步，而是因为欧洲的和平。

今日的云堡，既没有战时的紧张，也没有商贩的喧嚣。它只是静静地等待着前来凭吊它的人们，并默默地守望着古老的多瑙河。

图一　斯洛伐克和匈牙利的边境

234 > 路上的守望 Watch on the Road

图二 云堡

夜泊多瑙河畔

——2016 年中欧之旅之八

2016 年 12 月 14 日

布达佩斯是一座美丽的城市,她的美丽有大自然的造化,也有匈牙利人的功劳。一条壮丽的大河穿城而过,将城市一分为二,河的一边是布达,另一边则是佩斯(图一)。这条河,便是欧洲第二大河——多瑙河。

傍晚时分,我们的汽车驶向布达佩斯郊外的一间旅馆,入住后下楼查看了一下,发现我就站在多瑙河的岸边。

小时候就听到过多瑙河这个名字,印象最深的,当属那个罗马尼亚电影——《多瑙河之波》。后来,在开放的大潮中接触到了许多西方古典音乐,约翰·施特劳斯所作的《蓝色多瑙河圆舞曲》也在其中之列。从那时起,多瑙河这个名字便在我心中留下了许多美好的印象,我也由此产生了对她美好的向往。

此次中欧之行,虽然也曾多次匆匆一瞥或者遥遥眺望过多瑙河,但是,能如此近距离地端详她,尽情地享受那日落余晖中的多瑙河,甚至还能夜泊在她的身旁还是第一次,感觉实在是幸福又极其奢侈。

夕阳西下,宽阔的多瑙河在我的脚下流过(图二)。眼前的多瑙河水,既不像约翰·施特劳斯在音乐中所描述的那样"蓝",也没有多瑙河之"波",甚至听不到河水流淌的声音。这让我联想到了一种民族的性格,感受到了一种宠辱不惊、健步向前的壮阔。

放眼望去,河对岸生长着茂盛的植物,仿佛是在守卫着多瑙河,防止河水泛滥。而眼前的河岸边,摆放着几把面对多瑙河的躺椅,坐在躺椅上,便可以静静地欣赏缓缓而去的多瑙河。

或许是因为黄昏时分,河中并没有繁忙的过往船舶,甚至连一艘小艇都没有见到。这更使得此时此刻的多瑙河水显得分外宁静。

一对年轻的情侣坐在岸边的船坞上,在黄昏中留下了相互依偎着的倩影,那倩影时而像是一尊凝固的雕塑,时而又像是一个简洁的剪影。

此时,我的耳畔响起了那曲脍炙人口的《蓝色多瑙河圆舞曲》:

春天来了,
大地在欢笑,
蜜蜂嗡嗡叫,
风吹动树梢。
啊,春天来了,
大地在欢笑,
蜜蜂嗡嗡叫,
风儿啊吹动树梢多美妙。
……
春天来了、来了,
春天来到了,
多美好。
大地在欢笑,
大地在欢笑,
春天来到了多么美好,
春天多么美好。

  渐渐地,夜幕模糊了我的视线,把周边的一切都笼罩了起来,多瑙河水也显得更加安静和神秘莫测。美好的一天就这样结束在多瑙河畔,美好的一天,也将从多瑙河畔开始。

图一　布达佩斯城

图二　酒店后庭落日余晖中的多瑙河